太好看了！经典桥梁书系列

好看的镜花缘

〔清〕李汝珍 著　小种子童书馆 编绘

化学工业出版社

·北京·

图书在版编目（CIP）数据

好看的镜花缘：全5册 /（清）李汝珍著；小种子童书馆编绘. —北京：化学工业出版社，2022.8

（太好看了！经典桥梁书系列）

ISBN 978-7-122-41667-4

Ⅰ.①好… Ⅱ.①李… ②小… Ⅲ.①章回小说–中国–清代 Ⅳ.①I242.4

中国版本图书馆CIP数据核字（2022）第100337号

责任编辑：王婷婷　　　　　　　　　　　责任校对：田睿涵

出版发行：化学工业出版社（北京市东城区青年湖南街13号　邮政编码100011）
印　　装：北京尚唐印刷包装有限公司
880 mm×1230 mm　1/32　印张 12　2022 年 9 月北京第 1 版第 1 次印刷

购书咨询：010-64518888　　　　　　　　售后服务：010-64518899
网　　址：http://www.cip.com.cn
凡购买本书，如有缺损质量问题，本社销售中心负责调换。

定　　价：188.00 元（全 5 册）　　　　　　　　　　版权所有　违者必究

写给当代儿童的古典名著

顾爱华

《好看的镜花缘》是写给儿童看的一套古典名著。这套书的出版让儿童读者有了亲近《镜花缘》这一富有奇幻色彩的古典名著的机会。说到《镜花缘》，我们先要问，儿童需要读这样的古典名著吗？我想答案自然是肯定的。在中国的古典名著里，像《镜花缘》这样富有趣味、富有想象力的文学作品很少，而这样的作品恰是符合儿童的阅读趣味的。《镜花缘》是清朝人李汝珍写的一本小说，小说的主体部分以武则天时期为历史背景，描写了唐敖和唐小山父女的海外游历。这样一部作品，放在文学的脉络里，勾连了《山海经》《博物志》《红楼梦》等书。放在世界文坛上，也是可以和西方的《格列佛游记》相媲美的小说。这样的文学名著，孩子越早接触越有益。当然，儿童阅读这样本不专门为儿童所写的名著，是需要成人做一些适合儿童的改编的。

在欧美国家，古典名著向儿童普及的工作可谓不遗余力。为了让孩子从小亲近古典名著，他们把莎士比亚作品中的一些元素用图画表达出来，传达给两岁的孩子。等孩子大一些了，更是有各种儿童版莎士比亚读本。相形之下，我们古典名著的普及工作做得还不够。《镜花缘》这样的作品，除了出现在初中的推荐阅读书目里，也应该让年幼的孩子们尽早接触。虽说书中的很多内容儿童不一定能深刻领会，但儿童时期读到的书给人的印象最深刻，对人的影响也最大。不少作家少年时期都曾为《镜花缘》中奇幻的想象所吸引，后来走进了文学的殿堂。因此，给儿童提供适合他们读的《镜花缘》是义不容辞的。

那么，儿童从阅读《好看的镜花缘》这套书中又可以得到些什么呢？首先是一个饶有趣味的故事吧。书中的故事始于神话中的一场盛宴，各路神仙纷纷登场。百花仙子和嫦娥的一场纷争为众仙子下凡体验尘世繁华埋下了种子。这样的故事很有中国特色，孩子们第一次读来也许会觉得新奇，等他们以后接触到《红楼梦》，就会发现这一模式再次成为故事的主导框架。后来唐敖和唐小山父女的海外游历所闻所见的奇闻异事自是这部作品趣味性和想象力的重要来源。孩子们不一定能体会到作者李汝珍讽刺之笔的深刻，却一定会认出独角兽、美人鱼这样的形象。原来这样的形象并非外国童话的专利，我们的老祖宗早在《山海经》《博物志》这样的书中多有描绘。《好看的镜花缘》很贴心地在一些章节后面给出了李汝珍想象力的来源——《山海经》中相关形象的溯源。如此的安排也让儿童读者在不知不觉中明了了文脉的传承以及创意的来源。有心的小读者可能会藉由这本书进入《山海经》的世界。

作为一套改编版的古典名著，改编者对内容的选取也是值得关注的。作者李汝珍不仅通过唐敖的海外见闻对人间乱象多有批评讽刺，同时也通过君子国、大人国淳朴民风的刻画，寄寓了自己的人间理想。书中一些人物除暴安良的侠义行为以及对孝道伦理的提倡，更是为作品增添了温暖的底色。这也是这套书的改编者的着力之处。《镜花缘》原著共一百回，我们可以看出，这套儿童版的改编者相当用心地选取了其中对儿童来说有吸引力和教育意义的章节，舍弃了一些对儿童来说难以理解的章节和情节。如此就保证了这一古典名著与儿童的初相遇既美好又适切。

另一个值得称道之处是，这套写给儿童的古典名著在改编的语言上既浅白易懂，又富有韵味，改编者所用的语言是一种典雅的白话文。既有白话文的晓畅，同时又保留了部分具有文言色彩的词汇。对书中出现的一些富有文化意味的词语编者还给出了一些注释，便于儿童读者了解书中的文化背景。这样的语言，既方便儿童读者理解书中内容，也为儿童的语言积累、语感培养打下了良好的基础。日后待儿童真正接触到古典名著的原文便自会有一种亲切感。

我们希望，借助这样轻松有趣的阅读，《镜花缘》这样的古典文学名著能深入孩子的心灵，引导他们的审美，真正把孩子带进古典文学的殿堂遨游，让古老的名著再一次在现代儿童的心里生根发芽，也使民族文化之花盛开。

（作者系儿童文学硕士、儿童中文分级阅读研究者、原创儿童阅读推广人）

001 众神仙同赴王母蟠桃寿宴

008 百花仙不愿违天规,心月狐下凡做女皇

018 武则天雪天赏梅,传御旨令百花齐放

- 025 上林苑百花同开，牡丹花独遭惩罚
- 033 唐敖被点化，出海访名花
- 040 盛世出当康，精卫填沧海
- 050 唐敖食异草入圣超凡
- 061 朱草不容臭文章，猎人诱捕果然兽
- 068 骆红蕖射杀猛虎为母报仇

众神仙同赴王母蟠桃寿宴

天下有许多名山、大山，都是那样的奇丽、险秀。**王母娘娘**就住在昆仑山上。传说她是人首豹身，由两只青鸟在旁边侍奉着。

在那遥远而**人迹罕至**的海岛上有三座大山，分别叫作**蓬莱**、**方丈**和瀛(yíng)洲，这三座仙山物产丰饶(ráo)，景色绚丽，一年四季都盛开着数不尽的花花草草，到处飘散着各种香气。《史记》上说，这三座山都是神仙聚集的地方。

蓬莱山有个薄(bó)命岩，岩上有个红颜洞，洞里住着一位仙姑，由她总管天下名花。这位仙姑就是百花仙子，是群花之主，在蓬莱山修行了不知多少年。

三月初三是王母娘娘的寿日，百花仙子带着她亲手调制的百花酿，与百草仙子、百果仙子、百谷仙子相约，一同去昆仑山**瑶池**给王母娘娘祝寿。

这时，北斗宫方向突然射出万丈耀眼的红光，管理天下文人的**魁(kuí)星**从那边走来。她左手拿着笔，右手拿着斗，红光护体，紫雾盘旋，

直奔昆仑山而去。

魁星的后面跟着来了四位仙人,他们的相貌与众不同:

第一位绿面liáo**獠牙**,绿发盖顶,头戴束发金gū箍,身披葱绿道袍;第二位,红面獠牙,红发盖顶,头戴束发金箍,身披朱红道袍;第三位,黑面獠牙,黑发盖顶,头戴束发金箍,身披黑色道袍;第四位,黄面獠牙,黄发盖顶,头戴束发金箍,身披杏黄道袍。他们每人手里都捧着奇珍异宝。

百花仙子告诉另外三位仙子:"这四位仙人乃是麟、凤、龟、龙四灵之主。那穿绿袍的,总领天下毛族,乃是百兽之主,名叫百兽大仙;那穿红袍的,总管天下禽族,乃百鸟之主,名叫百鸟大仙;那穿黑袍的,总管天下**介族**,乃百介之主,名唤百介大仙;那穿黄袍的,总司天下**鳞族**,乃百鳞之主,名唤百

鳞大仙。"

随后走来了福、禄、寿、财、喜五位神仙,在他们身旁相随的,是木公、老君、**彭祖**、张仙、月老等神仙。

后面还有红孩儿、金童儿、青女儿、玉女

儿，都脚踩风火轮向着昆仑山而行。

玄女、织女、麻姑、嫦娥……一众神仙驾着祥云，共赴**蟠桃**盛会。

王母娘娘：中国神话中的长生女神，又称王母、西王母、瑶池金母等，她的形象经常在民间传说、古代小说和戏曲中出现。

人迹罕至：很少有人到的地方。多指荒凉偏僻的地方。

瑶池：神话传说中西王母所住的地方，位于昆仑山上的天池。

魁星：神话中主宰文章兴衰的神。古代很多地方都建有魁星楼、魁星阁等建筑。另指北斗七星中成斗形的四颗星。

蓬莱：神话中的海外仙山，又称为蓬莱山、蓬壶、蓬丘，相传被一片黑色的冥海包围。

方丈：原指中国古代仙人居住的岛屿。现指佛寺或道观中住持居住的房间，或指寺院的住持。

獠牙：外露的长牙，形容凶恶的样子。

介族：泛指甲壳类动物，如虾、螃蟹等。

鳞族：身体表面覆盖有角质或骨质鳞甲的动物，多指鱼类。

彭祖：先秦道家先驱之一，中国神话中的长寿仙人，传说中是南极仙翁的转世化身。

蟠桃：果实扁圆的一种桃，这里指神话中的仙桃。

百花仙不愿违天规，心月狐下凡做女皇

瑶池盛宴开始了，坐在正中的王母娘娘赐给每位神仙仙桃各一枚，众仙拜谢，按照身份依次而坐。这里有数不尽的山珍海味，有听不尽、看不完的音乐和舞蹈。

嫦娥对众仙说："今天是金母圣诞，难得天气又这样晴好，各洞的仙长、诸位星君齐来祝寿。我想啊，这些歌舞虽然绝妙，但每逢蟠桃宴会都有，大家都见过很多次了，也不觉得新

鲜。我常常听说鸾(luán)凤能歌、百兽能舞,为了使今年的蟠桃宴办得与众不同,我想请百鸟、百兽二位大仙,带领你们手下的仙童在这里歌舞一番,大家看这个主意好不好?"

众神仙齐声叫好。王母娘娘听了嫦娥的提议,自然也非常高兴。

于是,百鸟仙和百兽仙率领仙童们开始表演。一时,虎、豹、犀(xī)、象、獐(zhāng)、狍(páo)、麋(mí)鹿之类动物都舞动起来,伴着飞翔的百鸟的婉转歌声,真是**蔚(wèi)为壮观**。王母娘娘一高兴就把百花仙子献给她的"百花酿"分赏给众仙品尝。

嫦娥很为自己出了个好主意而得意。她带着一点点醉意,举着酒杯走到百花仙子面前,说道:"仙姑啊,你带来的百花酿真不错。你看看,刚刚鸾凤和鸣,百兽起舞,金母多高兴啊。仙姑你能不能也下达一道命令,让百花同时开放,一齐来为金母祝寿。这样,我们今年的盛宴不就更精彩了吗?"

各路神仙听了嫦娥的话,齐声说道:"这是个好主意啊!"催着百花仙子赶快传令。

百花仙子被弄了个措手不及，连忙站起身说道：“天下的花仙各自管理着各自的花卉，不同的花开放时间都有规定的时节，不像大家看到的这些歌舞，可以随时表演。嫦娥姐姐你说这话，实在是难为我呀！况且玉皇大帝对于百花的管理，纪律严明，检查得特别严格。玉帝要求百花**争奇斗艳**，要达到**巧夺天工**、**别开生面**的效果。凡是下月应该开放的花，必须在本月先给玉帝呈报图册，即使是增减几片花瓣、更改一点点花的颜色，都要等候上边的**裁决**我才能执行。”

百花仙子的意思是说，嫦娥的要求是违背天理和常规的，她无权也不能这样去做。

嫦娥的提议遭到拒绝，让她觉得很没面子。嫦娥不服气地对百花仙子说：“你说只有玉帝下旨，才能令群花齐放。那么，如果有一天，凡间有一位帝王传旨，让**百花齐放**，你遵命不？如果那时百花开放了，你要如何受罚呢？"

一旁的麻姑笑着说："要小仙看啊，将来如果发生了这样的事，就罚百花仙子到**广寒殿**打扫三年落花，嫦娥仙姐觉得我这个主意怎么样呢？"

百花仙子也来了气，她说："假如嫦娥仙子下凡，做了女皇帝，下达了这道御旨，那时如果我果真糊涂了，任由百花齐放，那么我情愿自贬(biǎn)到人间，遭受各种痛苦的惩罚。我说话算数！"

百花仙子的话还没说完，那边的女魁星早已攥着手中的仙笔走过来，在她的头顶上轻轻点了一下。随后便驾着红光，离开了瑶池，去往小蓬莱。

王母娘娘的寿宴虽然结束了,可这件事并没有完结。人间果然出了一位女皇帝,这位女皇帝就是**武则天**,是天上的心月狐下凡。

遵从天命的安排,唐朝将会有一次劫难,正好心月狐一心想着下凡,玉帝便传旨,派她去人间做一个女皇帝。

心月狐是嫦娥最要好的朋友,在上次的瑶池会上,她见到百花仙子与嫦娥争执,一心想打抱不平,为嫦娥出口闷气。这天她来到广寒殿,和嫦娥告别。

嫦娥想起先前的事,便和心月狐说道:"妹妹这次去人间当女皇,可以享尽人间的繁华,吃遍人间的美食。不过,这些都算不了什么。如果你能命令四季名花在同一时间开放,普天之下都是万紫千红,那才称得上是**锦绣乾坤**,花团世界。那样的话,才看出你的手段高明。"

"放心吧,姐姐。"心月狐信心满满地说,"莫说让百花同时开放,就是那从来不肯开花的铁树,我也要让它开花给我看看呢!"

"呵呵,好大的口气。"嫦娥笑着说,"真能这样的话,那仙妹你的大名一定会在人间被万人传颂的。"

心月狐来到人间,托生为武则天皇帝,也就是唐中宗的母亲。唐中宗还在位,天下虽然太平,这个皇帝又非常仁慈,但是他没有什么魄力,做事也不合武则天的心意。不到一年时间,武则天就把唐中宗废掉了,让他去做庐陵王。武后自立为帝,改国号为"大周"。

蔚为壮观: 形容事物美好繁多,形成盛大壮观的景象。

争奇斗艳: 竞相展示形貌、色彩的奇异、艳丽,以比高下。多形容百花竞放。

巧夺天工: 精巧的人工胜过天然,形容技艺高超精巧。

别开生面：另外开展新的局面或创造新的形式。

裁决：经过考虑，做出决定。

百花齐放：这里是本义，指各种花卉一齐开放。比喻不同形式和风格的各种艺术作品自由发展。

广寒殿：也称广寒宫，指神话中的月宫。

武则天：武周开国君主（公元690—705年在位），是中国历史上唯一的正统女皇帝，也是即位年龄最大（67岁）、寿命最长的皇帝之一（82岁）。她本是唐高宗（李治）的皇后，在高宗执政时曾参与朝政；高宗死后，武则天作为皇太后临朝称制，为了把持朝政，武则天废掉了唐中宗（李显），自称皇帝。

锦绣乾坤："乾坤"指天地，世界。像精美鲜艳的丝织品一样的美丽世界。

武则天雪天赏梅，传御旨令百花齐放

一个寒冷的冬天，武则天和她的女儿太平公主在女官上官婉儿的陪伴下饮酒作诗，好不

快活。

上官婉儿非常有才华,她作的诗深受武则天的喜欢。每作一首"雪兆丰年"诗,武则天便饮一杯酒。起初是听完一首诗就喝一杯酒,后来女皇帝喝得有点儿多了,便从两首诗一杯酒慢慢加到十首诗一杯酒。

忽然一阵清香飘进窗子,原来是院子里的蜡梅花开放了。

"陛下您看,这是蜡梅仙子在向您讨好呢,祝您洪福高寿,祝福国运昌隆。"上官婉儿**殷勤**地启奏女皇。

"果真如此？太好了！"武则天喝得醉醺醺，"我们去赏花。"宫女们搀扶着女皇帝，一起去往群芳圃和上林苑赏花。

来到院中，阵阵清香扑鼻而来，女皇非常高兴，吩咐宫女给所有的梅花树都挂上红绸和金牌。

除了蜡梅，众人看到，还有水仙、天竺、迎春等几种时令花卉在开放。然而其他大部分花却连青青的叶子都没有，实在叫人看不下去。

武则天有点儿扫兴，她带着醉意说："朕要让所有的花都同时开放。"

太平公主说："母后，蜡梅本是冬花，此时得了雪气滋润，所以开放了一大片。而别的花卉，开放时间都不相同。现在离春天虽然很近了，但天气非常寒冷，那些花怎么能开放呢？"

武则天说："天下所有的花都是一样的草

木,既然蜡梅能够不畏严寒,为朕开放,祝我洪福高寿,那么别的花卉自然也都想讨我的欢喜。你没听古人说'圣天子,百灵相助'吗?"

太平公主再想劝说,武则天也听不进去,还写了四句诗作为圣旨:

明朝(zhāo)游上苑,火速报春知。花须连夜发,莫待晓风催。

意思是说,她明天早晨就要再次来上林苑赏花。因此,所有的花卉都要连夜开放,准备迎接她的到来。

武则天从上林苑回宫后就休息了。一觉醒来已到黎明,昨晚的酒劲儿这时早已散尽。

武则天猛然想起昨天写的那道圣旨,心

里不免有些后悔，那是她醉酒后在头脑不大清醒的状态下写的，自己也觉得不太合理，如果今天百花都不开放的话，将来这件事被众人传出去，对她这位女皇来说，这不是极大的羞辱吗？

正在寻思着，早有上林苑、群芳圃负责花卉的太监前来禀报："陛下大吉，各处群花俱已开放。"

"果真如此？！"武则天初听到这个消息还有点儿不敢相信呢，随后她便**心花怒放**，派人把太平公主找来，母女二人用过**早膳**（shàn），便由众人陪伴一起来到上林苑。

只见一夜之间，满园的花竟然全都开了，那些青翠的叶子映衬着红色、紫色、黄色、粉色的各种鲜花，真是锦绣乾坤、花花世界。此

时的天气也特别好,连一点儿微风都没有,感觉非常暖和,池塘里的冰都融化了,就好像一下子变成了春天一样。

"真的是百花齐放!祝陛下**万寿无疆**!"太平公主大声

说道。

武则天非常高兴,她命令太监去仔细统计一下,是不是真的有一百种花都开了。

太监们一一统计之后回来禀报:"启奏万岁,满园中的百种花都已开放,只有牡丹花目前还没有开。"

殷勤:热情而周到。

醉醺醺:形容喝醉酒的样子。

心花怒放:形容心里特别高兴,像乐开了花一样。

早膳:指早饭或者吃早餐。

万寿无疆:一般是祝寿的话,祝福万年长寿,没有止境。

上林苑百花同开，牡丹花独遭惩罚

百花到底是怎么在一夜之间竞相开放的呢？

原来武则天写了圣旨之后，那上林苑的蜡梅仙子和水仙仙子便连忙赶往百花仙子居住的仙洞，去给她送信。可是她们并没找到洞主。百花仙子外出找**麻姑**下棋去了。麻姑说百花仙子棋艺不高，下棋时总耍赖，常常一盘棋下到一半见自己棋势不好，拔腿就走。所以，这次麻姑就请百花仙子在自己这里多住几天，好好

跟她下棋。

百花仙子只顾着跟麻姑下棋了,哪里会知道下界帝王一时兴起,竟传了一道御旨命百花齐放呢。

洞主不在,于是众花神聚到一起商量办法。

牡丹仙子说:"圣旨限期紧迫,偏偏又找不到洞主,这可怎么办?"

桃花仙子说:"据我看啊,现在也没什么好办法了,只能是各司本花,按女皇帝的御旨来办理。况且我们这座蓬莱山,**幅员**七万里,那些上仙的洞府**不计其数**,哪能一个个找遍呢。"她接着说,"皇帝的圣旨可不是儿戏!我想,即便说现在找着了洞主,禀明此事,她也会让我们照圣旨做的。"

"皇帝传下了圣旨,如果我们不按时开放,就会受到严厉的惩罚。"梅花仙子说。

兰花仙子说:"花有'四季'之名,怎么可以在一个时间同时开放呢?我看还是要想办法,尽快找到洞主。没有她的命令,我是有**顾虑**的。有句话叫'**罚不责众**',如果我们都不遵从,我觉得人间的皇帝也不能把我们怎么样吧?"

桂花、梅花、菊花、莲花四位仙子听了,

全都点头道:"仙姑说得有道理。"

杨花、芦花、藤花、蓼花、萱花、葵花、苹花、菱花八位仙子,彼此**交头接耳**,商议了半天也没什么好主意。

"你们不遵圣旨,日后受到处罚我也管不了,"桃花仙子说,"时候不早了,我可要去执行皇帝的命令了。"说着,站起来先走了。

"看来事情挺严重的,我们还是跟去吧。"杨花等八位仙子商量不出什么好主意,便随着桃花仙子一起去了。

此时,上林苑的土地爷也赶来催促,众仙子虽然心里不情愿,但都不愿意违背圣旨,慢慢走了一大半。

只有牡丹仙子一直沉默,她是花中之王,不能轻易决断。牡丹仙子对还在犹豫的几位花仙说:"我还是再去找找洞主吧,我真不敢

自作主张。"

牡丹花仙去找百花仙子讨要准确指令去了，所以当武则天率领众人一早来到上林苑时，发现什么桂花、菊花、莲花、海棠、芍药、杜鹃、兰花，各种花卉均已开放，却只有牡丹花没有开放。本来是满心欢喜的女皇帝武则天此时转喜为怒，说："我平时最喜欢牡丹花了，这几十年来我一直对牡丹关照最多。今天要百花齐放，只有牡丹不开花，这也太过分了！"

一旁的太平公主连忙说："母后不必动怒，牡丹是花中之王，岂敢不遵御旨。牡丹花的花朵大，可能还没来得及开放呢，您不妨再等一等。"

"那就等等看吧。"女皇说。

她让太监准备了一千盆炭火，用来熏烤牡

丹的枝干，作为对她的一个惩罚。

过了一段时间，太监们纷纷来报，此处和群芳圃的牡丹花全部含苞，顷刻就要开花了。

武后冷笑着说道："原来花王也晓得朕的厉害！既然如此，把火炭撤下吧。"

不一会儿，但见牡丹花纷纷绽放，开出了妖艳无比的大花朵。

武则天的怒气消了一大半，但她还是要惩罚牡丹花。她说："把这种花全都移到洛阳去，我不想再见到她了！"

这就是现如今洛阳牡丹最有名的原因了。

不仅是牡丹,正如前面心月狐所说的,如今就连灵芝、铁树,也在寒冬开花了。想必天上的嫦娥,此时正在月宫里偷笑呢。

麻姑:又称寿仙娘娘、虚寂冲应真人,中

国民间信仰的女神，属于道教人物。长寿之神中男神仙是彭祖，女神仙为麻姑，传说她曾自酿灵芝酒为西王母祝寿。

幅员：指领土面积。

不计其数：没办法计算数目，形容极多。

顾虑：指恐怕对自己、对别人或对事情不利而不敢照自己本意说话或行动。

罚不责众：指某种行为即使应受惩罚，但很多人都那样干，也就不好采取惩罚的办法去处理了。这个成语出自《镜花缘》这本书。

交头接耳：彼此在耳朵边，很近距离地说话。

自作主张：指没有经过上级或有关方面同意就擅自处置。

唐敖被点化，出海访名花

嫦娥终于**眉开眼笑**了，而百花仙子却遭了殃，因为百花齐放这件事被玉帝降罪，百花仙子和众花仙被贬到凡间。众仙分别降生到海外各国，诸如君子国、黑齿国、淑士国、歧舌国、智佳国、女儿国等国家。

百花仙子降生到一位叫唐敖的秀才家里，被取名唐小山。唐家的祖籍是岭南循州海丰

郡河源县。唐敖的弟弟叫唐敏,也是本郡的秀才。

唐小山刚一降生,全身就散发着一百种花香,大家觉得很神奇。到了四五岁的年纪,她特别喜爱读书,只要见到书籍就会找来读,并且这孩子的记忆力特别好,可以达到过目不忘的程度。另外,小山的胆量又很大,时常舞枪弄棒,父母也管不了她。长大后,唐小山成了一个知书达礼、聪明伶俐、人见人爱的小才

女,街坊四邻都夸赞。

唐敖的学问渊博,他去都城参加考试,中了**探花**。本来可以做官,没想到,有位大臣给皇帝上了一份奏折,说唐敖曾经和叛贼徐敬业、**骆宾王**结拜为兄弟,恐怕将来会谋反。因此,武则天皇帝便派人秘密调查。查访的人员调查了一段时间,发现唐敖并没做什么坏事,便回去禀报武则天。唐敖没有被治罪,但武则天不准他做官。唐敖回家后心情很不好,整天闷闷不乐。

于是,唐敖收拾好行囊,到各处去游玩,以解心里的愁烦。一路上,遇到大山就早起早行,遇到小河就划舟漂过,在各地旅游,时间过得很快,不知不觉已经过去半年了。

这一天,唐敖乘船来到一个叫梦神观的地方。道观里住着一位姓孟的老人,唐敖和他很投缘,便坐在一起聊天。

老人说:"你有远大的志向却没能实现,太可惜了。不过你也知道'**塞翁失马,安知非福**'的道理。天下那么大,难道就找不到好的人生**际遇**吗?"

唐敖便问:"我可以做什么呢?您说说看。"

"听说

众花神受到玉帝的惩罚，现在有十二种名花飘零海外，你不如去一一寻访，把她们护送回国。这可算是做了一件特大好事，将来定会得道成仙。"

"是吗？这事我愿意做，可是我该到哪里去寻找她们呢？"唐敖问。

"这些花神啊，有的在名山，有的在异域。我相信你能把她们全部护送回国，成功后功德无量啊。等到有一天，你步入小蓬莱，你的名字就进入仙人的册子了，可以说是位列仙班。这种造化完全是一种缘分，不是每个人都能具备的。"

说罢，刚刚还点头微笑的老人，转眼间就

化成道观里的一尊神像。

唐敖感觉自己就像做了一个梦一样,他知道这是神人在**点化**自己。于是转忧为喜,下定决心要出海,去寻访各路名花。

眉开眼笑:眉头舒展,眼含笑意。形容高兴愉快的样子。

过目不忘:看过就不忘记,形容记忆力非常强大。

探花:中国古代科举考试中对位列第三的进士的称谓,与第一名状元,第二名榜眼合称"三鼎甲"。

骆宾王:大诗人,"初唐四杰"之一。曾随徐敬业起兵讨伐武则天,反对武则天称皇帝，写有《为徐敬业讨武曌檄》。他七岁时就写出了我们非常熟悉的诗歌《咏鹅》，后因为反对武则天称帝，获罪入狱，他的家人也受到牵连，这本书里后面提到的骆龙、骆红蕖的遭遇都是因为受到了他的牵连。

塞翁失马，安知非福：比喻一时虽然受到损失，也许反而因此能得到好处。也指坏事在一定条件下可变为好事。出自《淮南子·人间训》。

际遇：遭遇（多指好的）。

点化：道教传说，神仙用法术使物变化。借指神仙用言语启发人悟道。

盛世出当康，精卫填沧海

唐敖的妻兄林之洋常常出海做买卖。这一次，唐敖打算和林之洋一起出海去各国旅游。

林之洋开始并不同意，他说："妹夫你平时自在惯了，哪能受得了这份辛苦呢。到了海面上，经常刮着大风，往返一次恐怕要两三年的时间都说不定。妹夫要好好想想，不要因为一时兴起，误了你的正事啊。"

唐敖回答："以前，小弟只有赶考算是正

事,现在早已对功名绝望了。随你们出海,这就是我的正事。"

林之洋见妹夫**执意**要去,只好同意了。

唐敖带着水手到集市上挑选一些货物,他买了许多花盆和几担生铁回来。

林之洋纳闷地问:"妹夫你买这些东西,是要带到海外去吗?空的盆,还有这些沉重的铁块,你带这些东西出海能有什么用呢?"

"是要带到海外。"唐敖说,"我想,海岛上到处都是奇花异草,我就用这些花盆栽种几种,在路上观赏。至于生铁嘛,如果一时卖不掉,放在船上可以压住大风大浪,这种东西即使放很多年也不会损坏。"

林之洋听了,觉得他的话也有点儿道理。

出海的第一天,他们一路山南海北地聊着。

首先经过一座东口山,这座山被称为**东荒**第一大山,君子国、大人国就在附近。

林之洋多次出海,他介绍说:"君子国的

人特别有趣,无论什么时候都是客客气气的,非常斯文。大人国的人都是腾云驾雾,走路毫不费力……"他指着前边的小岛说,"这里的风景不错,我们不妨下船走走。"

两人下船上了山坡。林之洋提着鸟枪,唐敖带着宝剑。

沿着曲曲弯弯的一条路前行,眼前的这座高山,一望无际。唐敖自言自语:"这样一座高山,难道就没有什么好看的花儿生长在这里吗?"这时只见从远处的山峰上走出一个怪兽,看上去像猪,浑身乌黑,身子有六尺长,四尺高,两只大耳,还长着四颗长长的牙齿露在嘴外。

"这是什么怪兽?"唐敖问。

"这我说不好。"林之洋说,"船上有位经验丰富的老舵工,叫多九公,他已经多次出洋渡海了,回去问问他吧。"

回到船上,二人把刚刚见到的怪兽的模样描述了一番,请教多九公那是什么怪物。多九公捋着白胡子说道:"你们说的那个怪兽是'**当康**'。你们听到它的叫声了吧?它的叫声就像它自己的名字那样。每逢太平盛世，这种怪兽就会出现。"

大家正听得入神，突然，空中飞落一粒小石子，正打在唐敖的脑袋上。

"这是哪儿来的石头？"

林之洋忙说："别怕，妹夫，你看那边有一群黑鸟，正从山坡上用嘴巴啄石块呢。"

唐敖仔细看，只见这些鸟长得有点儿像乌鸦，身子像墨一样黑，而嘴却白得像一块玉，两只红色的脚足，头上斑斑点点，有许多花纹。鸟儿们都在那里啄石头，来来回回地飞着。

林之洋问多九公："九公可知道这些鸟搬石块干什么用吗？"

多九公回答："它叫**精卫**，据说它曾去东海游泳，不小心淹死了，死后它的魂魄不散，就变成了这种小鸟。"

"噢,这个我知道。"唐敖大声说,"你说的一定就是**精卫填海**的故事了。我们经常见到世人明明放着很容易完成的事情不做,却还觉得难以完成。以至于做任何事都**畏首畏尾**,一生就这样过着日子,结果是一无所能,**追悔莫及**。如果我们都能像精卫这样立下远大的志

向，并且不怕吃苦，认真完成，那么天下还有什么办不成的事吗？"

执意：坚持己见，非要这样做。

东荒：东方极远之处。

精卫填海：精卫填海表现了遭受自然灾害的原

始人类征服自然的渴望。常用来比喻志士仁人所从事的艰巨卓越的事业。

畏首畏尾：怕这怕那，形容疑虑过多。

追悔莫及：追溯以往，感到悔恨。意思是后悔也来不及。

《山海经》中的当康、精卫

"有兽焉，其状如豚而有牙，其名曰当康，其鸣自叫，见则天下大穰。"（《东次四经》）

释义：（钦山）有一种叫"当康"的怪兽，它的体形很像猪，但长着尖尖的獠牙。它的叫声就是自己名字的读音"当康"，它一出现就预示着天下要丰收了。

"有鸟焉，其状如乌，文首、白喙、赤足，名曰精卫，其鸣自叫。是炎帝之少女名曰女娃，女娃游于东海，溺而不返，故为精卫，常衔西山之木石，以堙于东海。"（《北山经》）

释义：（发鸠山）上有一种鸟，形状像乌鸦，头部有花纹，白嘴、红爪，名字叫精卫，它的叫声也是"精卫"，就好像在叫自己一样。精卫原本是炎帝的小女儿，名字叫女娃，女娃到东海游玩，不小心淹死在海里。女娃的魂魄幻化成一种鸟就是精卫，它非常痛恨淹死自己的东海，常常衔西山的石头、树枝，投到东海里，发誓要把东海填平。

唐敖食异草入圣超凡

这天,一行人走到一片树林边,这些树都高得不见树顶,并且没有树枝,倒是有许许多多的稻须直垂到地面,每根稻须足足长十几米。

"你们看这个!"林之洋把捡到的一粒米高高举起,明亮的阳光直射到上面,把米照得**晶莹剔透**。

"这么大的米粒!差不多有三寸宽、五寸长了!"唐敖惊叹,"如果煮成饭,还不得有一尺长呀？"

多九公笑道："不足为奇，我以前在海外曾经吃了一粒大米，足足有一年不觉得饿。"

"真有这事，我们怎么不相信呢？呵呵。"林之洋笑着说。

"别说林兄不信，当时就连我自己也感觉疑惑。后来听说当年宣帝时，背阴国来献宝物，其中有一种'**清肠稻**'，每吃一粒，一年都不会饥饿，由此我才知道当时自己所吃的大概就是这种清肠稻了。"

话没说完，三人忽见前方闪过一个小人，有约七八寸高的样子，还骑着一匹小马。

"好有趣的小东西，快抓住他！"众人一边喊着，一边拼命向着小人溜走的方向奔了过去。

多九公虽说腿脚灵便，但毕竟年龄大

了，跑不动，再加上山路崎岖，脚下一滑便摔倒了。

唐敖还算身手敏捷，追了半里路，小人被他追上。唐敖一把捉住小人小马，直接塞进了嘴里。

等到其他人赶来，唐敖解释道："我从书

里看到过这个小人小马,它叫'肉芝',常在山中行走,人如果吃了可以延年益寿。我一心急,就直接把它吃掉啦。呵呵!"

大家纷纷赞叹唐敖有仙缘,所以毫不费力就抓到了小人并吃掉了。

林之洋抱怨说:"妹夫你倒是吃饱了,我这肚子里还咕咕叫着呢。有什么吃的没有?"

"林兄如果饿了,恰好可以吃这个。"多九公随手摘了几根青草说,"林兄把它吃了,不但不会饿,并且还会有种神清气爽的感觉。"

林之洋接过来,只见这草宛如韭菜,里面还长着嫩茎,开着几朵青色的花。他立即放到嘴里,一边嚼一边点头说:"嗯,这草确实有一股清香,很好吃。请问九公,这草叫什么?以后我若是游山饥饿时,也好用它来充饥。"

多九公还没说话,唐敖接过话来:"小弟闻得海外鹊山有一种草,颜色像韭菜,名叫'祝余',可以解饿,大概就是这种草吧?"

多九公连连点头。

又走了一段路,唐敖觉得口渴得厉害,便顺手抓下路边的一片青草放进嘴里。这青草长得像松树叶,叶子上有个大籽,唐敖把它放在手掌上轻轻一吹，立刻生长出一片新的叶子，有一尺长；再吹，又长了一尺；第三次又吹，又长了一尺，足足有三尺长了。唐敖把叶子放进嘴里都吃掉了。

林之洋看见连忙冲他摆手，笑着说："妹夫别吃得这么

狼,恐怕这些青草都会被你吃光的。"

多九公说道:"唐兄吃的这叫'蹑(niè)空草',取了它的籽儿放到手里一吹能长一尺,再吹又长一尺,长到三尺就不长了。人如果吃了呀,就能稳稳地站在空中了。"

林之洋兴奋地说:"有这好处,我也吃它几根吧,以后回到家,倘若房上有贼,俺跳起来一把就能抓住他,这不是太省事了吗?"于是他四处寻找,却没有发现这种蹑空草。

多九公说:"林兄不必找了,这种草不吹不生。刚才唐兄吃的草,可能是因为鸟雀啄食,被风吹落在这里生长出来的,非常少见,我在海外多年,今天也是第一次见到。是唐兄和这种仙草有缘啊。"

"什么?你们说的都是真的吗?我能有这种本事吗?"唐敖完全不信。他试了一下,一

腾身,立刻就蹿(cuān)起了五六**丈**高,吓得他出了一身冷汗。

"现在你已经具备**飞檐走壁**的能力啦!"多九公和林之洋笑着对他说。

大语文拾贝

晶莹剔透：形容器物光亮而透明、清澈。

寸：我国传统长度单位，尺、丈、寸为十进制，10尺=1丈，1尺=10寸，古代各朝代长度单位标准有差异，清代1寸大约相当于3.4厘米。

蹑空：意思指腾空飞跃。

蹑空草：古代神话传说中的仙草，食之可腾空而行。

飞檐走壁：旧小说中形容练武的人身体轻捷，能在房檐和墙壁上行走如飞。

肉芝、祝余和清肠稻

行山中,见小人乘车马,长七八寸者,肉芝也,捉取服之即仙矣。([晋]葛洪《抱朴子·内篇·仙药》)

释义:在山中行走看到七八寸高的小人骑着小马,这就是肉芝,活捉了它吃掉可以成仙。

南山经之首曰鹊山。其首曰招摇之山,临于西海之上,多桂,多金玉。有草焉,其状如韭而青华,其名曰祝余,食之不饥。(《山海经·南山经》)

释义:南山山脉第一支脉叫鹊山,鹊山最西侧的山叫招摇山，招摇山濒临西海，山上有很多的桂树，山里也藏有大量的金属矿物和玉石。招摇山上有一种草，长得很像韭菜，开着青色的小花，它的名字叫祝余。人吃了这种草之后不会感到饥饿。

宣帝地节元年，乐浪之东，有背明之国，来贡其方物。言其乡……有明清稻，食者延年也；清肠稻，食一粒历年不饥。（［晋］王嘉《拾遗记·前汉下》）

释义：汉宣帝的时候，地节元年是公元前69年，在朝鲜的东面有个叫背明的国家向汉朝进贡了他们的特产，说清肠稻吃一粒几年都不会感到饥饿，吃了它的人可以延年益寿。

朱草不容臭文章，猎人诱捕果然兽

三人忽然闻到一阵奇香，却寻不见源头，于是各自散开，分头寻找。

这次又是唐敖最幸运，他看到石缝里长出来一株红色的草，约两尺长。**端详**了一阵，猛然想起很像他读过的有关饮食方面的书籍中曾提到过的"**朱草**"：

朱草，状如小桑，茎似珊瑚，汁

流如血；以金玉投之，立刻如泥。投金名叫"金浆"，投玉名叫"玉浆"。人若服了，皆能入圣超凡。

就是说，这种草特别神奇，黄金和它相遇可以变成金水，玉和它相遇可以变成玉水。人喝了这种金水、玉水都能成仙。

唐敖摸摸身上，没有金器，倒是头巾上嵌着一块小玉牌。于是他摘下玉牌，割断朱草，把两样东西放在手掌上同时揉搓(cuō)。不一会儿，玉牌便化作一团红色的泥浆了。刚把这团泥浆放进嘴里，唐敖顿觉一股芳香直冲头顶，精神倍增。

"今天吃了好多仙物，总感觉有使不完的劲儿，让我来试试。"唐敖看见旁边有块大概六七百斤重的大石碑，便伸手碰了碰，没想到居然很轻松地就举了起来。他又借着服用蹑空草后得来的轻功本领将身一纵，立刻蹿到了半空中，略停片刻，缓缓落地。走了两步，将石碑轻轻放下。

唐敖自言自语道："服用了朱草，只觉**耳聪目明**，回忆幼年时读过的经书，也都**历历在目**，这也太神奇了！"

这时，多九公、林之洋走来了。九公问道："唐兄忽然满口通红，是何缘故？"唐敖告诉他们，自己刚刚吃下了朱草。多九公说："这种草可是天地精华凝结而生的，我多年在海外，也想找到它，却从未得见。唐兄真是个神人啊！"

听了这话，唐敖不免有些**轻飘飘**。正得意间，他忽然觉得腹中疼痛难忍，瞬间就放出一串臭屁。这股臭气差点儿把林之洋熏倒，他捂住鼻子大叫："好臭好臭，妹夫你吃的好东西太多了吧，大概是消化不良。"

唐敖也有些迷惑，不解地念叨："小弟刚吃了朱草那会儿，感觉记忆力提高了数十倍，连小时候读过的诗文都记起来了，没想到现在什么也想不起来了。感觉肚子里的学问一下就丢掉了十分之九，简直太可怕了！"

"朱草是至高至清之物。要我看啊，它是容不得你肚子里那些臭文章，觉得无聊又没

用。没了也好，没了也好。"林之洋笑着说。

三人一路说说走走，忽见山坡上有一只白毛猿猴样的动物，身上长了一些黑纹，它正守在一只死去的同类旁边，伤心地流泪。

多九公告诉大家，这种动物名叫"果然"，是天下最讲义气的一种动物。因此，它们常常被猎人利用。猎人为了捕捉果然兽，会先捉住一只，然后打死，放在山坡上，以吸引来它的同类。

"真可怜！"

"等着瞧吧，这只果然兽一会儿就会被猎人捉到。"

"这里的猎人也太可恨了吧！"

大语文拾贝

端详：仔细看。

朱草：传说中的一种红色瑞草，又称"朱英""赤草"。王者有盛德则此草生。古人把它当作一种祥瑞之物。

入圣超凡：指超越平常人而达到圣贤的境界，形容学识修养达到了高峰。

耳聪目明：听得清楚，看得分明。形容头脑清楚，眼光敏锐。

历历在目：（物体或景象）一个个清清楚楚的，仿佛就在眼前。

轻飘飘：这里的意义同飘飘然，形容因得意而产生骄傲的情绪。

骆红蕖射杀猛虎为母报仇

"小心猛兽!"多九公断喝一声,下意识地伸出双手护住二人。

随之一阵腥风扑面,只见一头斑斓猛虎瞬间出现在眼前。幸运的是,猛虎并没有注意到他们仨,而是向果然兽蹿去。

果然兽见到猛虎,吓得全身发抖,但它仍是一动不动,守在死去的同类旁边不肯离去。猛虎蹿过去,一声怒吼,就像**山崩地裂**一般。它张开血盆大口,就要咬果然兽。

千钧一发之际,只听"嗖——"的一声,猛虎发出更大的一声狂吼,跳起一丈多高,然后狠狠地摔到地上。紧接着,它的声音逐渐变小,猛虎慢慢呻吟,四脚朝天,一动不动。三人仔细一看,原来一支箭正好射中猛虎的左眼。

"**见血封喉**,好厉害的箭法!"多九公大声喝彩。

这时忽见远处走出一只小虎,行至山坡,把虎皮一揭,原来是一位美貌的少女。她身穿白布箭衣,头上束着白布渔婆巾,右臂上挎着一张雕弓。

"原来是个女猎户。这样小小年纪,竟有这般胆量。"林之洋惊叹道。

少女见到远行的三人,十分大方地过来搭话:"三位不是我们这里人吧?请问你们从何方而来?"

唐敖忙说：“这位姓林，这位姓多，我姓唐，我们都是从中原来的。”

"哦，中原大国？我晓得岭南有一位姓唐的先生，名叫唐敖，不知道您是不是认识他呢？"

"太巧了，我就是唐敖。你怎么会知道我的名字呢？"

年轻女子听罢

慌忙跪倒下拜："原来是伯父到了，侄女给三位伯父见礼了。"

"这话怎么讲？"林之洋不解地问。

"伯父不知，侄女也是中原人，名叫骆红蕖。我的父亲是骆宾王，曾任长安主簿，因为反对武则天，家里全被抄了，我和爷爷就逃到了这里。"她指着前边一座古庙，"那边有座莲花庵(ān)，我们就住在那儿。"

"哦，原来是侄女。"众人拉起女子，和她一块儿来见她的爷爷骆龙。

骆宾王的父亲已经八十多岁了，身体不是很好。因为骆红蕖的母亲不幸被老虎压倒的房屋压伤，疼痛而死，所以她下定决心练习弓箭，替母报仇，要杀尽这座山里的所有猛虎。

骆龙叫孙女认唐敖为义父并跟他们一起走，以后还可以重返天朝。骆红蕖不肯马上走,她答应等爷爷百年之后,就去找唐敖他们。到那时候,山里的猛虎都会被她杀光,也就为母亲报仇了。

在回船的路上,三人边走边聊着。

多九公说:"二位你们看,这样一个年轻女

子,既能 **不畏艰险**,替母报仇,又肯尽孝,侍奉祖父的晚年,这才是天下最懂得礼、义、忠孝的人。我想,这些身上具备美德的人,并不在年龄大小。"

"还有那只果然兽,"唐敖补充道,"虽然它是野兽,但它的心地是好的,它的内心充满了仁爱,可以叫作'兽面人心'。"

说话间,已经离船不远,忽见路旁林内飞出一只大鸟,其形如人,满口猪牙,浑身长毛,四肢五官都和人差不多,只是多长了一对翅膀。这种鸟长了两个脑袋,一个像男人,一个像女人,额头上写着"不孝"两个字。

多九公说:"这是'不孝鸟'。"

这时树林里突然喷出许多胶水一样的东西,十分腥臭,一下就把不孝鸟给粘住了。紧接着飞来一只怪鸟,长得像老鼠,它用利爪钩住不孝鸟,转眼间就飞走了。

多九公告诉大家,这是从犬封国飞来的飞涎鸟,它的口水像胶一样,靠这个本领来捕捉猎物。

大语文拾贝

山崩地裂：山倒下来，大地裂开，通常形容响声巨大或变化剧烈。

千钧一发：原义是千钧的重量系在一根头发上，比喻极其危急。"钧"是古代的重量单位，一钧等于三十斤。

见血封喉：猎人把箭头上涂了剧毒，一旦猛兽被射中，无论多么凶猛，马上会血脉凝结，气嗓紧闭。这就是这里所说的"见血封喉"。

不畏艰险：不畏惧困难险阻，常用来形容不害怕自然天险或危险的事情。

果然兽

宋代的《太平御览》对果然有描述:"果然兽似猕猴,以名自呼。色苍黑。群行,老者在前,少者在后。得果食辄与老者,似有义焉。交趾诸山有之。獠人射之,以其毛为裘蓐,甚温暖。"

这段话的意思是说,果然兽的样子像猕猴,因为叫声是果然,大家就叫它果然了。它的毛皮是灰黑色的,喜欢成群地出来活动,通常是年长的果然在前面,年幼的小果然走在后面。小的果然如果得到了野果,就会让给老的吃，像人似的很讲义气。交趾山一带有这种怪兽。猎人捕获了果然兽，用它的毛皮做褥子，用起来很暖和。

传说清朝乾隆年间，越南人向乾隆进贡了一只"神兽"，并称它就是古书中所记载的果然。乾隆帝很高兴，当场下令让画师郎世宁作画，并亲笔题诗："寓属生交趾，自呼名果然。欢同难还共，小后大居前。柳异王孙恶，郭齐君子贤。不因皮适褥，林处命宁捐。"其实这种说法未必可靠，至于果然兽是否真实存在，生物学家和历史学家们是有争议的。

太好看了！经典桥梁书系列

好看的镜花缘

〔清〕李汝珍 著　小种子童书馆 编绘

·北京·

目录

001 君子国好让不争,丞相府畅谈

008 唐敖舍钱救人,廉锦枫知恩图报

015 大人国:好人驾彩云,恶人乘黑云

021 劳民国人长寿,无肠国人吃粪

027 何罗鱼叫声似狗,元股国偶遇恩师

038 毛民国人小气,无继国人吃土

046 黑齿国女子学识高,问字二人羞逃脱

055 小人国里说反话，长人国个个比山高

066 麟凤山众兽激战，遭险境女侠解围

君子国好让不争，丞相府畅谈

这一天，林之洋去经营货物了。唐敖和多九公上岸散心，二人走到一座城门前，只见城门上写着四个大字：唯善为宝。

"这就是君子国了。"多九公指着城门上的字说，"这个国家的人讲究礼让，不愿和别人发生争执，你们看路上这些行人，那些耕田的农民和那些走路的行人，都自觉地给别人让路，而且这里不分富贵贫贱，都是一样的**言谈**

举止，非常讲礼貌。"

进了城，他们来到集市上，这里人来人往，热闹非凡。

"老兄，你的货太好了，只不过标价又太便宜了，要是被我买走，我怎么能安心呢？你还是再加点儿钱吧，否则我是不能买的。"一个士兵装束的人手里拿着货物，诚恳地对老板说。

"那怎么行啊，这个价格定得实在是不低了，我都觉得有些过意不去了，你怎么还嫌它便宜，这叫我**情何以堪**（kān）！"老板为难地说。

"不行不行，你这么便宜的货我实在不敢买。"说着，士兵付了全部钱款却只拿走一半的货物。

老板一看着急了，连忙跑过来拦住士兵不让他走。

唐敖对多九公说："通常讲，不管买什么

东西,大家都嫌价格高,尽量**杀价**,这个国家却正好相反,嫌价格定得低了,还要多给钱。看起来,这个地方的人太谦虚、太文明了。"

"这就叫**好让不争**,君子国的人都这样,你见得多了也就**不足为奇**了。"多九公说道。

这时沿路走过来两位花白头发的老者,其

面貌却显得特别年轻，举止不俗。于是唐敖和多九公上前**见礼**。

这两位老者一个叫吴之和，一个叫吴之祥，他们得知唐、多二人是从中原来的，便热情邀请两位去家里做客。

于是唐敖和多九公跟随两位老者，来到他们的住宅。

这所住宅布置得既清新又雅致，客厅里挂着一面横匾，上写：渭川别墅。

四人坐定，仆人端上来上好的茶品，他们在一起叙谈，吴之和和吴之祥详细询问了天朝的一些风土人情。

大家正谈得起劲儿呢，有位老仆人慌慌张张地跑进来，趴在老先生耳边小声说："禀(bǐng)告二位相爷，差官来报，国王有军国大事要和相爷商议,一会儿就会驾到。"

多九公向唐敖使了个眼色,二人于是告辞。

"原来是君子国的两位丞相,怪不得**器宇轩昂**,言谈举止不凡。"

"嗯,又客气又有见识,还没有架子,真不愧'君子'二字。假如我们天朝那些骄傲的官吏知道这些,一定会羞愧死了!"

唐敖和多九公一边聊着,一边慢慢走回了他们的船舱。

言谈举止:指人的言语、举动、行为诸方面。

情何以堪:感情又怎么能承受这种打击呢?堪,承受。形容处境尴尬。

杀价:砍价,买卖东西时买方要求卖方在原有价格上减少一部分,以达到自己满意的价位。

好让不争:乐于谦让,不跟别人争长短。

这个成语出自《镜花缘》这本书。

不足为奇：不值得奇怪，指事物、现象都很平常。

见礼：见面行礼。

器宇轩昂：形容人的外表、风度，精力饱满、气度不凡的样子。

唐敖舍钱救人，廉锦枫知恩图报

这天，大船行驶到一片宽阔的海域，忽然听到有人喊救命。唐敖、多九公和林之洋赶快下船，过去查看情况。

只见不远处停靠着一艘挺大的渔船，有个年轻的女子，穿着皮衣皮裤，胸前斜插着一把宝剑，她被五花大绑地拴在船头的**桅杆**上。

唐敖问那个渔船上的渔翁这是怎么回事。渔翁回答："我不住这儿，是旁边的青丘国人，只不过经常来到这里打鱼。这次的运气实在不好，好几天了，真是**竹篮打水**一场空啊。今天手气不错，捞上来这么一个女子。我要把她带回去，卖个好价钱。"

"卖人？"林之洋惊诧道，"这不可以吧?！"

唐敖转身来问那女子的身世。女子说："我叫廉锦枫，就是本地君子国的人，今年十四岁了。我父亲带兵打仗，牺牲在战场上。我的母亲一直身体不好，需要海参治病。于是我就在家里放了一个特大号的水缸，里面盛满水，每天练习憋气。后来我终于练成功了，可以一整天都待在水里，不用出来换气。于是我就经常到大海里捞海参。没想到，今天被他们的渔网网住了。"

唐敖对渔翁说："我给你10贯(guàn)钱，你买点酒喝吧。你看这位小姐也不容易，打捞海参要给母亲治病。你也发发善心，就把这位小姐放了吧。"

林之洋也在一旁说："这次你放过她，包你以后网不虚发，生意兴隆。"

没想到这个渔翁气鼓鼓地回答："我好不容

易抓到她,就给我这点儿钱吗?你们不要多管闲事好吧!"

"你说什么?"林之洋也生气了,"假如是鱼被你捕捉到,自然由你做主,如今你捞到的是人,不是鱼,你可别眼瞎认错了!你还嫌我们管闲事?告诉你,今天不放了她,你一分钱也别想拿到!"

多九公也十分生气,跳上他们的船和渔翁、渔婆理论起来。

唐敖见这样吵下去也没什么结果,就问:"你到底想要多少钱才肯放人?"

"**纹银**100两,一个子儿也不能少!"渔翁大声嚷着。

唐敖没等众人说话,就真的从船里拿来了100两银子交给渔翁。渔翁和渔婆小声嘀咕了几句，便把那个姑娘放了。

众人问廉锦枫住在哪儿，要送她回家。

廉锦枫说："我就住在前面的水仙村，几里路的距离。我们的村子向来以水仙花出名，所以就叫这个名字。"然后她又说，"几位恩人能不能稍等我一会儿呢？我要下水取点儿东西。"说罢，便**纵身**跳进海里。

过了好长时间，廉锦枫还不回来，大家觉得有些不妙，以为那姑娘被大鱼吃掉了。

忽然，海面掀起一串浪花，廉锦枫一下从水里钻了出来。她身上带着一些血迹，手里捧着一颗亮晶晶的珍珠。原来廉锦枫刚刚在海里和一只大蚌激战过，最终取得了这颗珍珠。

廉锦枫上船，双手捧着珍珠，走到唐敖面前，把它送给恩人。

多九公和林之洋在一旁不住地点头，他们

低声议论着:"别看这个姑娘年纪小,还真是个懂得**知恩图报**的人呢。"

这时,大家不禁想到君子国城门上那四个大字:唯善为宝。是啊,这里的人都把友善看作最大的宝贝,而并不看重金

钱,这是大家都应该学习的。

大语文拾贝

桅杆:竖立于船的甲板上的圆木或金属长杆,一般用来悬挂船帆。

竹篮打水:用竹篮子装水,比喻白费力气,没有效果,劳而无功。侧重于使用的方法不得当。

贯:唐代及唐代以前一贯钱为一千个铜钱,一个铜钱为一文。

纹银:以大条银或碎银铸成,形似马蹄,表面有纹路,故称"纹银"或"马蹄银"。

纵身:全身猛力向前或向上(跳)。

知恩图报:受到别人的恩德或好处后,总想着报答人家。

大人国，好人驾彩云，恶人乘黑云

这天已进入大人国，三人走累了，想找个地方休息一下。他们见前边有一座茅草房，正要上前敲门，只见从旁边绕过来一个老人，一手提着酒壶，一手提着个猪头。

"请问您这是什么地方？我们能进去休息一下吗？"唐敖上前施礼问道。

老人打量了一下他们，忙说："看样子三位是从天朝来的吧？失敬失敬。这里是一座小庙,里面供奉着观音菩萨,我就是这儿的僧人,我的妻子是庙里的尼姑。"

林之洋看了多九公一眼,意思是问多九公:这个自称为僧人的老头儿怎么没有剃发呢?他转过头来对老头儿说:"你既然是和尚,怎么还喝酒、吃肉,还有妻子?"

"是呀,这里的风俗就是如此。听说天朝庙里的和尚都要剃成光头,男的叫和尚,女的叫尼姑。但是我们这里并不一样,我们不用吃素,也不剃发。"

三人进庙里喝了几盏茶,闲聊片刻,就出来了。

这个大人国真是与众不同,每个人都脚踩着一块云雾,云雾的颜色各有不同。

"刚才那个老人说,这里最高贵的人乘着五彩云,其次是黄色云和其他颜色的云,最卑贱的人脚踏黑云。可是你们瞧——"唐敖指着一个乞丐模样的人,"他脚下却怎么也乘着一块彩云呢?"

多九公回答:"云彩的颜色全由心灵决定,也就是看这个人的行为是行善还是作恶,而不在富贵贫贱。只要他是个真正的好人，老天就给他安排一道五彩祥云；若这个人的心里有鬼，总做坏事啊，他的脚下就是黑云。"

"原来是这样！倒也公平。"

正说话间，忽见街上一阵骚乱，市民纷纷向两旁闪躲，让出一条大路。原来有位官员走过。只见他头戴乌纱，身穿大红袍，坐的轿子**红罗伞盖**，被许多人前呼后拥，显得很威严。不过奇怪的是，他的脚下围着一块红绸子，云的颜色看不明白。

林之洋抿嘴笑了笑，对二人说道："我看这当官儿的**心术不正**，脚下肯定踩着黑云吧，怕被别人耻笑，才特意用红布遮挡。"

"林兄的话有道理。"多九公说，"这种人，因为脚下忽然生出一股恶云，其颜色似黑非黑，类似灰色，大家都叫作'晦(huì)气色'。凡

是生出这种云的,必然是暗中做了亏心事,虽然可以瞒着别人,但是这云是瞒不住的,在他脚下生出这股晦气,叫他在人前现丑。这个当官的虽然用红绸子遮盖了一下,但那只能是**掩耳盗铃**。好在这云的颜色会随时改变,只要他**痛改前非**,一心向善,这云的颜色还是能变好的。"

# 大语文拾贝

红罗伞盖：伞盖为古代一种长柄圆顶、伞面外缘垂有流苏的仪仗物，红罗伞盖指车子顶棚上张着的红色伞盖。

心术不正：心思、想法邪恶。

掩耳盗铃：捂住耳朵去偷别人家的铃铛，比喻自己欺骗自己，明明掩盖不住的事偏要设法掩盖。

痛改前非：彻底改正以前所犯的错误。

劳民国人长寿，无肠国人吃粪

林之洋的货船驶过了几个国家，船上的人们接触到了一些特别有意思的事。

比如在劳民国，他们看到这里的人走路就像鸭子一样，摇摇摆摆的。无论是站着还是坐着，这里的人都会左右晃动身子，一刻也不**消停**。那坐立不安的样子让人看着就累，难怪叫劳民国。然而劳民国的人却特别长寿。还有个智佳国，却恰恰相反，人们都很短寿。所以海

外管这叫"劳民永寿,智佳短年"。这是因为劳民国里的人都是体力劳动者,他们整天就知道忙忙碌碌,想法也特别单纯,又不乱吃那些煎炒烹(pēng)炸的食品,平时只吃些水果,所以就特别长寿。

聂(niè)耳国的人耳朵都很长,一直垂到腰间,走路的时候要用两只手捧着耳朵,否则会因失去平衡而摔倒。

唐敖问多九公:"小弟从书上看到,有句话叫'两耳垂肩必能长寿',想必这个聂耳国的人一定都是长寿的。"

"我也曾打听过,谁知这个国家的居民自古以来都不长寿,从没有一位年过**古稀**之人。

这就叫过犹不及。"多九公笑着说，"我知道还有类似的另一个小国家，那儿的人两耳一直垂到脚面。他们生下儿女，都可睡在耳朵里，可以当被褥了。"

最有趣的是无肠国。这个国家的人吃的饭从不在腹中停留，是边吃边拉，所以在吃饭前必须先找好厕所，否则会拉在裤子里。因为消化得快，所以他们的大便并不臭，也不腐烂，还可以食用。

无肠国的人饭量最大,又容易饥饿,他们为了节约,于是就想出来一个好主意:主人会把自己排出来的粪便收存下来,以便留给仆人吃。而那些特别小气的主人,连仆人也不给吃,他们会贼头贼脑地躲到一个背人处,吃下自己的粪便。这可真是**俭省**到了极致!吃了

拉，拉了吃，到最后，也分不清哪些是食物哪些是粪便了。

这天他们来到了犬封国境内，这里到处都飘着酒肉的香气。所谓"犬封"，按古书上说，就是"狗头民"的意思，也就是说，这里的人虽然长着人的身体，却长着一个狗头。

唐敖他们想进城去逛逛，多九公劝他们不要去。

多九公告诉大家："你们看街上这些人狗头狗脑的，可你们想不到他们最讲究吃喝。每天为了烹制美食，要杀死许多可怜的动物。并且这些人啊，除了吃喝之外一无所能，因此别的国家的人都叫他们'**酒囊饭袋**'。我还听说，这里的人都是**有眼无珠**，不识好歹的人。所以，我看大家就不要去这个国家了。"

大语文拾贝

消停：停止，停歇；安静，安稳。

古稀：指人到70岁，出自杜甫的诗句"人生七十古来稀"。

过犹不及：事情办得过火，就跟做得不够一样，都是不好的。

俭省：节省，不浪费财物。

酒囊饭袋：形容只会吃喝，不会做事的人。比喻无能的人。

有眼无珠：长着眼睛却没有眼球，比喻没有识别能力。

何罗鱼叫声似狗，元股国偶遇恩师

来到元股国境内，大家沿着海边走着，看到很多渔夫在那里捕鱼，这些人都头戴斗笠，上身披着坎肩，下身穿着鱼皮裤，光着脚不穿鞋袜，上身皮肤倒也正常，腿脚颜色却黑得像锅底。

忽然看到一条大鱼跳出海面，被渔人捕到。众人上前一看，这鱼长得好奇怪啊，竟然是一个鱼头下面连着十个身子。

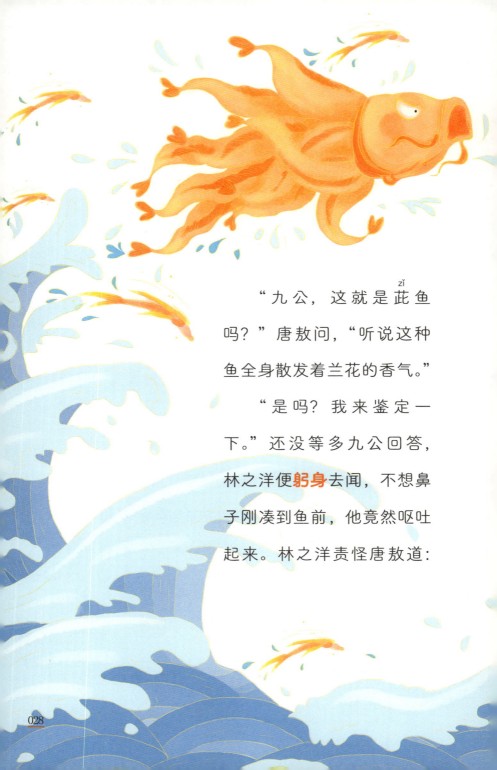

"九公,这就是茈(zǐ)鱼吗?"唐敖问,"听说这种鱼全身散发着兰花的香气。"

"是吗?我来鉴定一下。"还没等多九公回答,林之洋便**躬身**去闻,不想鼻子刚凑到鱼前,他竟然呕吐起来。林之洋责怪唐敖道:

"妹夫你太爱开玩笑了吧,哪里有什么兰花香,这气味实在是比臭屁还臭!"正吵嚷着,没想到那鱼却忽然像狗一样汪汪叫了起来。吓得林之洋也顾不得呕吐了。

多九公笑了笑指着那鱼说:"你俩都受骗了!这不是苴鱼,它叫何罗鱼。两种鱼确实长得很像,只是何罗鱼的叫声似狗。"

正说话间,只见海面远远冒出一个鱼背,金光闪闪,上面生着许多鳞甲,它的背部就竖在海面上,犹如一座山峰。唐敖不觉夸赞道:"海中竟然会有如此大的鱼,难怪古人说:大鱼在海里走,一天见到鱼头,七日才能见到鱼尾。此话虽然夸张,但还是有点儿道理的。"

一行人聊得开心,此时走过来一位白发苍

苍的老者,他给唐敖施了个礼,说道:"唐兄,你还认得我吗?"

唐敖仔细打量一番,只见此人是本地装束,穿着鱼皮坎肩,戴着斗笠,光着一双黑脚。看了一小会儿,唐敖才认出来,这位老者竟然是他的老师尹元先生。尹先生以前还是一名**御史**。

看到老师如今这身打扮,唐敖忍不住一阵心酸,慌忙拱手下拜,一边说:"这么多年没见

了，尹老师怎么会流落在这里？"

尹元对大家说："几位如不嫌弃，请到我家一叙。"于是三人跟随尹元来到他的家。

只见两扇柴门，里面两间草屋，十分矮小，屋上的茅草都已经枯败了，更显出这家的生活十分清贫。四人进了草屋，重新行了礼。

因为屋内连桌椅都没有，众人只好**席地而坐**。

原来尹元被奸臣迫害，**流亡**海外，跑到元股国这里隐居下来。他们一家生活在这里，人生地不熟，常常受到当地人的**排挤**，生活状况很不好。幸亏他的小女儿尹红萸会织渔(yú)网，一家人就靠着她卖渔网生活。后来邻居看他家实在困难，支招教他把腿脚涂黑了，假冒本地人

捕鱼，这才勉强糊口。

尹元叫来尹红萸，姑娘只有十三岁，比尹元的儿子尹玉大一岁，长得倒很端庄秀美，衣服虽然破旧，但谈吐很文雅。

唐敖对尹元说："老师虽然不能回家，但是海外这么大呢，哪里不可以**栖身**？像我们这一路行来，经过的君子国、大人国，都是很讲礼义的国家，您看看是不是可以搬到那些国家去定居呢？"

尹元叹了口气说："我已经老了，能凑合吃口饭度日也就行了，禁不起再折腾。"

唐敖说："远处您去不了，近处可以去呀。从这里往西边走走，有一个水仙村，那里有个女孩叫廉锦枫……"唐敖把他们搭救廉锦枫、廉锦枫知恩图报的事给老师讲了一遍，然后接着说，"廉锦枫家也是**书香门第**，要求儿女们把书读好,现在正好缺少好老师呢。她家刚好又有几间空房。您带着小妹妹去了,既可以和他们搭伴做个邻居,平时又可以教大家读书,这是一件多么好的事呀!"

尹元听完这番话,动了心,他说:"廉锦枫这个孩子又忠诚又孝顺,真是个好孩子。我愿意教她读书。"

于是唐敖写了一封信,把尹元一家人引荐到水仙村居住,和廉锦枫做伴,彼此也有个照应。两家后来还结了**姻缘**呢。

尹元因为和骆宾王的友情很深,常去看望骆宾王的父亲骆龙。后来,骆龙去世,骆红蕖也把山上的老虎杀光了,为母亲报了大仇。于是尹元又叫人把骆红蕖接到了水仙村。大家一同居住,非常快乐。

大语文拾贝

躬身：俯屈身体，以示恭敬。

御史：中国古代执掌监察官员的一种泛称。

席地而坐：指古人铺席于地，坐在席上。现泛指坐在地上。

流亡：因自然灾害或政治原因离开家乡或祖国。

排挤：利用势力或手段使不利于自己的人失去地位或利益。

栖身：寄生，暂住。

书香门第：旧时指出自读书人家庭，泛指好的家庭背景。

姻缘：婚姻。

《山海经》中的茈鱼、何罗鱼

"沢(cǐ)水出焉,而东北流注于海,其中多美贝,多茈(zǐ)鱼,其状如鲋(fù),一首而十身,其臭如蘼(mí)芜,食之不糟(bì)。"(《东山经》)

释义:沢水从这座山发源,然后向东北流入大海。水里有很多美丽的贝壳和茈鱼,这些茈鱼形状扁平,跟鲫鱼挺像,却长着一个脑袋,十个身子,它们的气味跟蘼芜草相像,人吃了它就不放屁了。

"其中多何罗之鱼,一首而十身,其音如吠(fèi)犬,食之已痈(yōng)。"(《北山经》)

释义：谯(qiáo)水中生长着很多何罗鱼，长着一个脑袋十个鱼身子，它的声音像狗叫，人吃了它可以治愈痈(yōng)肿。

毛民国人小气，无继国人吃土

船按**既定方向**航行，水面风平浪静。正行着，猛然间听到船头放了一枪，船里的人以为

遇到了强盗，都**惊慌失措**的，不知该怎么办。唐敖连忙拉上林之洋、多九公一同走出舱。

放枪的水手说："刚才有一群鱼怪总跟着我们的船，我怕出什么意外，就用鸟枪打伤一个。"

唐敖一看，那些鱼的肚子下边长着4条长脚，上身好像女人，下身却是鱼形。那些鱼鸣叫着，声音就跟婴儿啼哭一样。

多九公告诉大家："这种鱼

长得像人,所以就叫人鱼。"

唐敖说:"这些鱼有人的外形,叫声又这么可怜,或许它们还通灵性呢,我们不要伤害它们。"

于是大家都回舱了,不再管那些人鱼。

这天,众人坐在一起闲聊,说着路上经历的国家和那些有趣的人和事。

"我们去过的毛民国,为什么那里的人长了一身毛呢?难道是**返祖现象**?"林之洋问。

"不是的。其实呀,那些人以前和咱们平常人长得一样,就是因为他们太小气,**一毛不拔**,才长出了一身毛。我听说他们死后变成的小鬼,也是一些全身毛乎乎的小气鬼。"多九公回答。

唐敖接着问:"无继国这个国家也很奇特。

虽然这个国家的人从不生儿育女，但是这个国家人口却不见减少，这到底是怎么回事呢？"

多九公说："那里的人，男人和女人长得都一样，分辨不出来，也不会生儿育女，按理说应该人越来越少才对。但是他们死后，尸体并不腐烂，等到120年后又活过来，所以那里又叫不死国。"

"听说那里的人把死了叫作'睡觉'，活着叫作'做梦'，"林之洋说，"看来他们天天做白日梦。"

唐敖问："小弟听说这个国家的人**历来**都拿土当饭吃，不知是什么原因？"

多九公说："那个国家啊土地非常**贫瘠**，不产五谷杂粮，也不产什么水果之类的东西，只有土可以吃。所以他们国家的人只好靠吃土活着了。"

"哈哈,真的吗?"林之洋笑着说,"要我看啊,幸亏那些无肠国的有钱人不知道土也可以当饭吃,否则的话,连他们国家的地皮都会被吃光的!对了——"他接着问道,"我们看到深目国的人脸上没有眼睛,他们的眼睛都

长在手上。幸亏眼睛长在手上,假如是嘴长在手上,吃东西的时候,随你怎么能抢也抢不过他。也不知道深目国的人有没有近视眼?如果把眼镜戴在手上倒也挺好玩的。"他继续问多九公,"九公啊,你给讲讲,深目国的人的眼睛为什么长在手上?是为了转动灵活吗?"

"差不多吧。"多九公回答,"据我个人猜想,深目国的人觉得现在**人心叵测**,光从外表看不透每个人的心思,于是才想从多方面观察了解一个人。所以嘛,手上就长了眼睛,这样不就可以从四面八方,全方位地了解别人了吗?"

既定方向:明确的方向。

惊慌失措:形容慌张、害怕的样子,害怕慌张得不知道该怎样了。

返祖现象：指有的生物体偶然出现了祖先的某些性状的遗传现象。

一毛不拔：典故出自《孟子·尽心上》："杨子取为我，拔一毛而利天下，不为也。"比喻极端吝啬。

历来：从来；向来。

贫瘠：（土壤）缺少养分；不肥沃。

人心叵测：叵测，指不可推测（含贬义），人心不好推测，多指坏心眼儿。

《山海经》中的人鱼

"其中多人鱼，其状如鲺（dì），四足，其

音如婴儿，食之无痴疾。"(《北山经》)

释义：（决决水）中有很多鱼，它的形状很像鲇(nián)鱼，身上长着四只脚，发出的声音像婴儿啼哭声，人吃了它的肉就不会得痴呆病。

在上古时候的中国，人鱼在西方、北方、南方都有。中国传统神话中的人鱼是类似于鲇鱼、娃娃鱼的一种水生物。

黑齿国女子学识高，问字二人羞逃脱

唐敖和多九公来到黑齿国地界，发现这里的人不但全身黑得像墨一样，连牙齿也是黑的，他们还喜欢涂一点儿红色的唇膏，再加上两道红眉，一身红衣，更觉得他们黑

得无人可比。

不知不觉进了城,这里有好多做买卖的,倒也热闹。语言方面也还容易听懂。街上男人和女人走路是要分开的,男人全靠右边走,妇人都靠左边走。唐敖、多九公二人起初也不知道有这个规矩,误走在了左边。只听右边有个男子招呼他们:"二位贵客,请到这边来走。"二人连忙走到了右边。

唐敖笑着和多九公说:"我还真没看出来,他们这些人虽然外表极黑,可是在男女礼节方面倒分得很明白。九公,你看,他们来

来往往，男女之间并不交谈，都是**目不斜视**，低着头走自己的路。我想啊，这里离君子国不远，大概是那里的好风气也传到这边来了。"

他们正说着话，不觉走进一条小巷，见一家门上写着"女学塾"三个大字。

"这个国家的女子居然也能上学啊，看来这儿的人一定都很有学问。"唐敖点头称赞。

这时，正巧打屋里走出一位80多岁的老年人，他看见唐、多二人走过来，便请他们进屋里坐。

老人得知唐、多二人是从天朝大国来的，非常高兴。他说他这里有两个女学生，老人指着左手一位穿红色衣服的女子："她姓黎，是我的学生。"又指着右边穿紫衣的女孩，"这是我的小女儿。明年皇后就要举行盛典了，女孩子们都可以参加考试。既然两位是从天朝来的，我想你们一定是**学富五车、满腹经纶**。那么，烦请两位老师给我的学生们指点一二，我们万分感谢！"

见老人如此坦诚，唐敖连忙问那两个女子："不知你们平时读的什么书，有什么不懂的问题尽管提出来。"

紫衣女子恭敬地说："我们只是略微读了一点点书，没什么知识，两位老师不要见笑。小女子这里有个问题，一直弄不明白。我听说读书最难的是认字，认字就要知道字的读音，如果读音都搞不清楚，那么一定搞不明白字、句的意思。比如经书上的'敦'字，我知道它不止有一个读音。请两位高人给指教指教。"

多九公内心里对这个小国家的女子比较轻视，于是笑笑说："这个不难，'敦'字一共有十种读音，这在《诗经》《易经》《尔雅》《周礼》中都有记载。"他有点儿卖弄地说，"你们今天幸亏遇到了我，别人啊恐怕连一半还不知道呢。"

没想到紫衣女子还有下文："小女子这里要**吹毛求疵**一下了，除了您说的这些，小女子听说'敦'字还有'吞'和'俦'两种读音呢，大概是各处的方言读音不同，所以才有这么多。"

一听这话，多九公可傻眼了，脸上微微发红。他没想到，这么一个小女子会有如此大的学问。

随后，两位女子又接连问了好几个特别难回答的问题，把唐敖和多九公给考住了。多九公见两位女子对于所提到的那些知识，几乎可以**倒背如流**，而他自己竟有一大半都想不起来，所以他坐在那儿简直**如坐针毡(zhān)**，后背都出汗了。

正在此时，突然听到林之洋在街上高喊着卖脂粉的声音，于是唐、多二人赶紧找了个台阶下，借口说朋友来找他们回去了，赶快溜出了女学塾。

"真没想到世界上居然还有这么博学的

女子！"

"是呀，依小弟看，以后咱们还是少来这个国家吧。"

二人一边低声交谈着，一边擦着头上的汗。

目不斜视：眼睛不偷看旁边；比喻为人行止端方。

学富五车：形容读书多，学识渊博。五车：

指五车书。

满腹经纶：形容人很有政治才能，也比喻很有才学。

吹毛求疵：故意挑别毛病，寻找差错。疵，缺点、毛病。

倒背如流：倒着背诵像流水那样顺畅，形容书读得很熟，记得很牢。

如坐针毡：形容心神不宁，坐立不安。

古书里"敦"字的读音有几种？

敦［dūn］："说礼乐而敦诗书。"（《左传》）
敦［dùn］："谓之浑敦"（《左传》，同沌）。
敦［duī］："敦彼独宿，亦在车下。"（《诗

经·豳风·东山》)

敦［duì］:"有虞氏之两敦。"(《礼记》)

汉字的读音在历史的长河中是在不断发展变化的，比如《镜花缘》里提到的这个"敦"字在古代曾有十几种读音，但演变到现在就只有［dūn］和［duì］两种读音了。很多汉字的古代读音和用法都已经在发展过程中被舍弃了，如果不做古籍研究相关的工作，我们只需要简单了解就可以了。

小人国里说反话，长人国个个比山高

一行人来到小人国，这里的城门很矮，街道也很狭窄，只能弯着腰进去。这个国家的人一般只有八九寸高，小孩只有四五寸高。

更令人费解的是，小人国的居民一点儿也不讲人情味儿，总要和别人**戗(qiāng)着说话**，明明是甜的东西，他们偏要说是苦的，非要把咸的东西说成是淡的，类似这样，总让你摸不着头脑他们才高兴。这些人因为长得太矮小，平时走路时唯恐被大鸟攻击,所以无论男妇老少,都是**三五成群**结伴而行,手里拿着兵器来防身。

离开小人国,继续前行,路过一片桑林。林子里有很多美貌的女子,她们在桑树下,一

边吃桑叶一边吐丝。

多九公说:"看来这里就是'呕(ǒu)丝之野'了,这些女子可叫作'蚕人'。蚕人吐丝,鲛人泣珠都很有意思啊。"

林之洋笑着说:"这里的女子都生得如此好看,又会吐丝,不如带个回家做老婆,又省衣服又能生孩子,多好!"

多九公嘲笑他说:"你还敢带她们回家,不怕她生气了,吐丝把你缠起来,送了命吗?"林之洋听了,吓得不说话了。

前面到达的国家叫跂踵(qǐ zhǒng)国，那些人头上披散着乱糟糟的红头发，光着两只大脚丫子，有一尺厚、二尺长，走路的时候只用脚趾，脚跟并不着地。他们走路一步三摇的样子，跟跳舞一样优雅。

再往前走是长人国。林之洋去卖货了。唐敖刚要到城里去转转，转眼间就吓得跑了回来。

他有些惊慌地对多九公说："我曾经在一本古书上看到过这个国家的情况，说他们身长一二十丈。我还以为这是瞎写的，今天终于让我见到了。那些人竟有七八丈高，在半空中晃晃荡荡。他们的脚比咱们的肚子还高，如果被他们踩一下，真不知道是什么后果。幸亏小弟我跑得快啊，太危险了！"

多九公说："唐兄你今天见到的长人还不算高呢。"

"哦，居然还有比这更高的人？"

"有啊。"多九公说，"我在海外曾和几位老人聊天，有位老人说，他见到的长人有三四百丈高，每天要喝500壶酒。另一位老

人说,他见过的长人更高,有三千丈高。"

"真的呀,有三千丈高!"唐敖尽量想象着,"那得像一座高山那样**巍然耸立**。"

"呵呵,我还没说完呢。还有更高的。"多九公笑着说,"第三位老人告诉我,他见过世界上最高的长人,足足有6万丈。"

"啊?又多了那么多,小弟真是想象不出了。"唐敖惊呼。

"全世界的裁缝都来给这个长人做衣服,做了好几年才完成。"多九公说,"所以啊,那些裁缝铺至今还在那里祷告:'但愿长人再做一

件长衫吧！'那样的话，他们就又可以聚到一起做衣服了，同时也能挣到更多的钱。"

唐敖问："这位长人后来又做新衣服了吗？"

"这我就不清楚了，"多九公说，"我只是听说有一个裁缝鬼点子比较多，他趁别人不注意，在长人的长衫的底襟(jīn)上剪下了一块布，后来他就用这块布开了一家布店。"

"今天我可长知识了。"说话的是林之洋，原来他卖货回来，已经在门口听半天了，"这么大的长人，他睡觉可是个麻烦事，多占地方啊。再说了，他睡觉的时候最好不要翻身，他一翻身，准保**地动山摇**，大家会以为地震了呢。"

戗着说话：形容人与人之间言语冲突。

三五成群：三个一群、五个一伙地聚在一起。

巍然耸立：像高山一样耸立，不可动摇。

襟：上衣、袍子前面的部分。

地动山摇：形容影响巨大或声势浩大。这里是词语的本义，指长人一活动可能会震动土地、动摇山峰。

《山海经》里的小人国

《山海经》里记载了许多个小人国，周饶(ráo)国便是其中之一。周饶国的人身材都比较矮小，但是他们的穿戴非常整齐，每个人都文质彬彬。他们住在山洞里，心灵手巧，能制造各种灵巧的东西。尧在位时，周饶国还曾去朝拜，进贡了一种叫作"没羽"的箭。这些小人平时耕田种地，但是最怕白鹤。因为善飞的白鹤会把他们叼走吃掉。幸好附近有其他国家的人，经常帮他们驱赶白鹤，他们才得以正常生活。

在大人国的附近也有个小人国，这里的人被称为靖(jing)人。和周饶国的人差不多，靖人也都是身材矮小，身高只有一尺长（约合现在的三十厘米）。他们赤身长发，面有胡须，和邻国大人国的人形成鲜明对比。别看他们个头小，但都特别敏捷，异常聪颖，一般人很难制伏他们。

在《神异经》里，还有一种小人，叫作菌人。他们比上面两国的人长得更小，身高不到四厘米。他们的国王穿着红色衣服戴着黑色帽子，乘坐着大马车，很有威仪。据说吃了菌人之后，就不会被蚊子叮咬，能知道万事万物的名字，还可以杀死人体内三种危害最大的寄生虫。所以，人们遇到他们，就会把他们抓住吃掉。

麟凤山众兽激战，遭险境女侠解围

这天，一行人到了白民国附近，一座高山横在大家眼前。这里叫麟凤山，长约一千多里。这座山又分为东西两道山岭，东面的叫麒麟山，因为上面生长着很多桂花树，所以又叫丹桂岩。西面的叫凤凰山，上面梧桐树特别多，所以又叫碧梧岭。这两座山岭分别由百兽之王麒(qí)麟(lín)和百鸟之王凤凰管辖(xiá)。但最近几年忽然来了两头猛兽，一个叫狻(suān)猊(ní)，一个叫鹔(sù)鹴(shuāng)，经常对西山和东山的鸟兽发起攻击。

一行人正走着，忽听到空中传来阵阵呐喊和嘶叫之声。

唐敖问道："难道鸟兽们正在**摆擂台**(lèi)吗？"

"有好戏看了！"多九公说。

因为凤凰最喜爱梧桐树，所以大家直奔梧桐树最多的山岭，这样就可以近距离观看百鸟之王了。

忽然听到一阵鸟鸣，婉转嘹亮，却又找不见鸟在哪儿。唐敖喊了一声："大家看，那边有棵大树，树旁围着许多飞蝇，上下盘旋，这个声音好像是它们发出来的。"

林之洋忽然把头抱住，乱跳起来，他大声嚷嚷："震死我了！好像刚刚有个苍蝇在我耳边飞，我便用手将它按住，谁知它在我耳边大叫一声，就像雷鸣一般，把我震得**头晕眼花**。"

多九公笑着说:"不是苍蝇,是一种鸟。老夫眼力不佳,不能分辨它们的颜色。林兄帮我看看,那种鸟可是红嘴绿毛,长得如同鹦鹉吗?"

林之洋刚才抓到了一只:"这个小鸟,我从未见过,我要带回船去给众人见识见识。"于

是卷了一个纸筒，把小鸟轻轻放了进去。

唐敖走过去看那只鸟，真如多九公所说，便告诉他："九公，你说得对，果然是红嘴绿毛，长得像鹦鹉的鸟。"

多九公回答："此种鸟名叫细鸟。"

众人看到在西边山峰上长着无数的梧桐树，一只凤凰披着五彩羽衣，两边站立着数百只飞鸟，它们在天空飞行，羽毛**五彩斑斓**，绚丽耀眼。

"大家快看那边。"多九公指着东边山岭，"那只绿色的鸟就是鹝鹒，它肯定是来捣乱的，所以凤凰带着百鸟与来犯的敌人**对峙**。"

那边鹝鹒分别派出山鸡、九头鸟和鸵鸟来挑战，这边凤凰则派出孔雀、天狗鸟和鹦勺（一种像鹊的神鸟）来应战。鹝鹒派出去的战将一一被打败。

激战正酣(hān)时,山坡上烟尘滚滚,又来了一群猛兽。领头的长得像虎,一身青毛,目光像闪电一样,显得异常凶猛。

"大家小心!狻猊来了。"多九公告诫大家。

另一边,百兽之王麒麟也带着自己的战将来应战。

谁也没想到，林之洋刚刚抓到的那只细鸟惹祸了。随着它一串嗡嗡怪叫，饥饿的猛兽们把目光齐刷刷射向这三人，随后便向他们扑过来了。

"咱们快跑吧！"三人大喊，**疲于奔命**。

眼看就要被猛兽们追上了，就在这千钧一发之际，山冈上猛地响起一阵呱啦啦的声音，一道道黑烟比箭还快，直接把领头的狻猊打

倒，其他野兽也被打死打伤一大片。麒麟见情形不妙，带着众兽逃走了。

原来这种武器叫连珠枪，打枪的人是一位女子，叫魏紫樱，她的哥哥名叫魏武，都是这里的猎户。其实他们一家都是天朝人，父亲也是因为参加了徐敬业反叛武则天的行动而遇害，一家人逃到这座深山里。众人相见，心里无比的酸楚。

管辖：管理、统辖的意思。

摆擂台：擂台，古代为比武而搭的台子。摆擂台就是搭台招人来比武，比喻向人发起挑战。

头晕眼花：头脑昏沉，视觉模糊。

五彩斑斓：指多种颜色错杂繁多而耀眼。

对峙：指对抗、抗衡，也指两山相对耸立。

激战正酣：比喻比赛、战斗等在高潮、尽兴的阶段。

疲于奔命：原义是因受命奔走而搞得很累；后也指忙于奔走应付，弄得非常疲乏。

狻猊：中国古代神话传说中龙的九子之一，形如狮，喜烟好坐，所以形象一般出现在香炉上，随之吞烟吐雾。

鹔鹅是只什么鸟？

鹔，鹔鹅也。五方神鸟也。东方发明，南方焦明，西方鹔鹅，北方幽昌，中央凤皇。

(《说文解字》)

鹔鹴亦作"鹔鷞"。中国神话传说中的西方神鸟。和东方的发明、南方的焦明、北方的幽昌、中间的凤凰并称五方神鸟。五种神鸟只有中央的凤凰是祥瑞的,其他四个像凤凰的鸟都是妖怪,传说鹔鹴会带来旱灾和瘟疫。也有古人认为鹔鹴飞则预示天气转凉,就要下霜了。从这个角度讲,说它是雁的一种,比较合理。宋代罗愿的《尔雅翼》里说它脖子长,羽毛为绿色。皮可以做裘,霜降后可以穿着取暖。

九头鸟的传说

大荒之中,有山名曰北极天柜,海水北注焉。有神,九首人面鸟身,名曰九凤。(《大荒

北经》)

大荒中，有座山名叫北极天柜。山上住着一位神，名曰九凤。九凤人面鸟身，长着九个脑袋。相传，九凤最早源于楚国的九凤神鸟，是楚国最崇贵的神。但是在中原地区，却被视为恶神。在中原地区的神话中，九凤又叫九头鸟，还叫"鬼车"，长有十个脖子、九个头，据说它的第十个头是周公旦命令猎师射掉的，传说那个没有头的脖子不断地流血，会吸走小孩子的魂魄。

至于九头鸟的第十个头是怎么断的呢？又有传说，周朝时周昭(zhāo)王曾经率军亲征南方，最后死于汉水之中，成为异乡之魂，因此周国人对楚国非常仇恨，便将楚国的九凤图腾说成妖怪，并编出"断其一首"的故事来。

明朝的刘伯温曾写过一篇文章讽刺九头鸟,其大概的意思是说:孽(niè)摇山上有一种鸟,长着一个身子、九个头,一个头得到食物后,其他八个头就去抢,呀呀叫着相互争啄,洒血飞毛,即使吃到嘴里也不能咽下去,而九个头都受了伤。海鸭看见了,就笑话它说:"你怎么不想一想,九张嘴吃下的食物不都归到一个肚子里去了吗?为什么还这样拼命地争抢呢?"

太好看了！经典桥梁书系列

好看的镜花缘

· 3 ·

〔清〕李汝珍 著　小种子童书馆 编绘

·北京·

目录

001 白民国富足，真"白丁"做假学问

011 淑士国人多酸腐，不舍剩菜全打包

019 两面国人藏恶脸，危急时侠女刀下救人

027 穿胸国人狼心狗肺，厌火国遇险人鱼报恩

035 寻常物巧制仙方，寿麻国炎热无影

045 长臂国人索求无度，翼民国人爱戴高帽

050 伯虑国人忧思难眠，巫咸国有桑无蚕

055 唐敖搭救姚芷馨，多九公歧舌国行医

062 唐敖施救枝兰音，治怪病收义女

白民国富足，真"白丁"做假学问

来到白民国，唐敖约多九公一同到城里走走。他们穿过一座用白玉制造的城门，看到这里到处都是白的，白色的土，白色的石头，田里种的荞麦都开着白色的花。走过一座银色的小桥，来到人来人往的集市上，这里有许多做买卖的，热闹非凡。白民国的人喜欢穿白袍，戴着白色的帽子，无论是老是少，一个个都面白如玉，嘴唇红红的，两道眉毛弯弯的，还有一对俊俏的眼睛。他们的衣服特别**考究**，**镶嵌**了许多翡翠玛瑙，还用特殊的香熏过，远远地就能闻到一股清香。

"真是白茫茫一片，就像下雪了一样。"唐敖不觉发了一句感慨。

这里不仅人长得漂亮,风景优美,物产也非常丰富。在集市上,到处摆放、悬挂着鸡鸭鱼肉、各式菜品、风味小吃,应有尽有,绫罗绸缎堆成了山。

"这里真的很富饶。"多九公赞道,"我多次出海路过这个国家,都因为有事没有来逛逛,这一次亲眼所见,还真是**大开眼界**。"

二人正走着,只见林之洋同一名水手从绸

缎店出来。林之洋一早就来城里卖货了,这时正巧撞到。

多九公迎上去问道:"林兄的货物赚到钱了没有?"

林之洋**满面春风**,笑嘻嘻地说:"托二位的福,今天真卖出去许多货物,赚了不少。等会儿回去,咱们多买些酒肉好好吃一顿。"

林之洋还要谈一笔大买卖,就拉着唐、多二人进了一个大户人家。走进院子,抬眼望去,只吓得唐敖和多九公出了一头冷汗。原来,门楣上写着"学塾"两个斗大的字。二人不觉想起在黑齿国回答不出两位年轻女学生的问题那件事,心里怦怦直跳。

进得屋来,室内宽敞,一位四十多岁戴着眼镜的人接待了他们,他的言谈举止**彬彬有礼**,原来正是这座学馆的教书先生。

"有朋自远方来，不亦乐乎？"先生高兴地请三人上座。

"我要到后面和别人谈生意，请先生先跟这位多九公和唐敖仁兄聊一聊吧。"说完，林之洋去忙自己的事了。

听说唐、多二人是从天朝大国来的，先生便邀请他们一起作诗。

因为有了上次的经验，这一次二人再也不敢**造次**，只说自己是生意人，没什么文化，不会写诗，于是只和这位先生品茶闲聊些风土人情。

在多九公和主人聊天的时候，里边传来了阵阵读书声。唐敖便轻轻走进里间屋，这里是学生们平时念书写字的地方。等唐敖从里面走出来时，一脸不高兴的表情，脸也憋得通红。

他和多九公交换了一下眼神,于是二人说船上还有重要的事情,便跟这位老师告辞。

"九公,这一次我们被骗了。"唐敖气愤地说。

多九公不清楚唐敖说的是什么,问道:"唐兄你说什么被骗,我听不懂。"

唐敖告诉多九公:"小弟到里面仔细一听,这些学生居然把圣人的书都给念错了。像《孟

子》'**幼吾幼，以及人之幼**'，这么通俗的一句，这些学生竟然念成'切吾切，以反人之切'！他们写的文章我也细细看了一遍，真是乱七八糟，连句子都不通顺。"

"看来这里的人没有真实的学问，全是**滥竽充数**。"二人苦笑着往回走。

在回去的路上，二人看见一个小男孩牵着一头怪兽在前边走着。怪兽长得像牛，却还戴着帽子，穿着衣服。多九公告诉唐敖："这是白民国的人去给皇帝进献药兽，这只药兽懂得草药知识，会给人看病，是一只神兽。人如果生了病，只要告诉它自己的病情，神兽便会到野外衔来一些草，病人把它捣成汁服下或者煎成药汤喝下，没几天就能**痊愈**。"

大语文拾贝

白丁：指不学无术或缺乏知识的人，也指文盲。

考究：讲究。

镶嵌：将一个物体嵌入另一个物体中，使二者固定；也指以物嵌入，作为装饰。

大开眼界：指开阔视野，增长知识。

满面春风：形容愉快和蔼的面容，也说春风满面。

彬彬有礼：形容文雅而有礼貌。

造次：有匆忙、仓促、鲁莽、轻率、随便等不同的意思。这里指随便卖弄学问的轻率行为。

幼吾幼，以及人之幼：出自《孟子·梁惠王上》，原句为："老吾老，以及人之老；幼吾幼，以及人之幼。天下可运于掌。"

滥竽充数：典出自《韩非子·内储说上》，齐宣王用三百人吹竽，南郭先生不会吹，混在中间充数。比喻没有真正的才干，而混在行家里面充数，或拿不好的东西混在好的里面充数。

痊愈：病好了。

穿衣戴帽的"药兽"

神农时，白民国进贡了一种名叫药兽的神兽。人有疾病时就用白民国当地所传的不明语言告诉药兽，说完，药兽就到野外衔着某种草药回来。用这个草药捣成汁喝下，病就可以痊愈。后来黄帝叫风后将哪种草药对应哪种疾病记录成药方，久而久之按照药方治病，都很灵验。古时有传言说黄帝尝百草，其实不是，而是像虞卿所说："黄帝拜药兽为师而知晓医术。"

淑士国人多酸腐，不舍剩菜全打包

三人刚来到淑士国，就闻到这里处处散发着一股**酸腐**气。只见城里种着很多梅树，树干高大，把这座城市里里外外地围了起来。

他们走进一家酒馆，就在楼下拣个桌儿坐下了，酒保马上迎过来。只见此人头戴方巾，穿着一身素净的衣服，手摇一把折扇，还戴着个眼镜，哪里像是酒保，分明是一个斯斯文文的读书先生。

酒保鞠躬赔笑道:"请教几位远来的贵客:酒要一壶乎,两壶乎?菜要一碟乎,两碟乎?"

林之洋不高兴了,一拍桌子嚷道:"什么乎不乎的!我们是来吃饭的,只管拿好酒上来!再'之乎者也'的,我先给你一拳!"

酒保吓得连忙说道:"小子不敢!小子改过!"随即端上来一壶酒,一碟青梅,一碟**齑菜**,给三位的杯子里倒满了酒。

林之洋最爱喝酒,加上这会儿口渴得要命,他只说了一个"请"字,一杯酒早已仰头喝下。只听"错了错了",林之洋怪叫着,皱起眉直骂酒保误事:"要的是酒,你怎么把醋拿来了!"

旁桌一位驼背老者被吓了一跳,连连摇着手说:"这位老兄既然已经喝下去了,怎么可以这么**大呼小叫**的,像你这样大声吵吵,我怎能静心吃饭呢?仁兄啊,请你们不要再大声说话了!"

"原来又是一个**文绉绉**的!"林之洋埋怨道,"酒保把醋当成了酒给我喝,这件事跟你又没关系,怎么会影响到你吃饭呢?我倒要请教请教你，这算怎么回事。"

老者听罢，慢悠悠地把右手食指和中指放在鼻孔上擦了两擦，说道："那么咱们就聊一聊这酒和醋的**贵贱**吧。酒味淡之，故而贱之；醋味厚之，所以贵之。人皆买之，谁不知之。他今错之，必无心之。先生得之，乐何如之！第既饮之，不该言之。……我纵辨之，他岂听之？他不听之，势必闹之。倘闹急之，我唯跑之；跑之，跑之，看你怎么了之！"

听完老人说出这一串几十个"之"字，唐、多二人直笑到肚子疼。

林之洋又好气又好笑，他说："你这几个'之'字，都是一派酸文，句句冒犯我的名字，把我名字都给弄酸了。"

于是三人又叫了几个小菜，但这里只有素菜，没有肉菜。

只见外面走进一个老者，穿着素雅，头上戴着儒巾，举止文雅，**器宇**不俗。唐敖和他相互问候一番后，请老人坐过来，大家一块儿吃酒。

这位老人告诉大家，这里的酒分为三等，上等酒的味道是最酸的，第二等的淡一些，末等酒就更加淡没味儿了。

"还是没味儿的好！"林之洋便要了一壶最淡的酒，可是三人尝着这种酒仍然是酸的，只能凑合喝了。

唐敖问老人："为什么这里无论做什么职业的，全都是一副读书人打扮呢？"

老人说："是的是的，我们这儿啊，无论当官的还是普通百姓，都是这种衣着，但是不知道你们注意到没有，其实服装的颜色有很大差别。最尊贵的人穿着黄色衣服，其次是红色和紫色，蓝色是第三等，青色的最低贱。我们这儿最看重读书了，最瞧不起的就是穿青色衣服的游民。所以啊，我国的国君曾经告诉大家一句话：'欲高门第须为善，要好儿孙必读书'。我们的国民都牢牢地记住了国君的话。"

大家聊着吃着，不觉天色渐晚，正待告辞离去。只见老人取出一块手帕铺在桌上，把没

吃完的盐豆之类的倒进去。他说："我们已经交了钱，这些就顺便带回去，还可以吃呢，不要浪费。"说着，又拿起酒壶掂了掂，发现里面还有酒，就对酒保说，"把酒存在你这儿，明天我再来喝。还有这些**豆干、糟豆腐**，都给我留好，明天我来吃。"

酒保笑着应了一声。老人见桌子上还有一根牙签似乎没人用过，便拿过来闻了闻，用手擦擦放进口袋里。

酸腐：指思想、言语、行动陈旧而不合时代。

齑菜：读作 jī，本意是指捣碎的姜、蒜、韭菜等，这里大致指酸菜。

大呼小叫：高声喊叫、吵闹。

文绉绉：形容人谈吐、举止文雅，不粗鲁。

贵贱：富贵与贫贱。

器宇：泛指气概、风度、仪表。

豆干、糟豆腐：豆腐类小食品。

两面国人藏恶脸，危急时侠女刀下救人

唐敖在淑士国搭救了徐敬业的儿子徐承志，他靠着服用了蹑空草后掌握的轻功，驮着徐承志轻松翻越了四五丈高的城墙。徐承志**叩头**感谢，跟随大家上了船。

这一天到了两面国，多九公因为脚踝上有伤，和众人在船上休息。唐敖和林之洋出舱，到这个国家的市井中感受下**民风**。

等二人回船后，多九公见他俩互换了

衣服，觉得十分蹊跷(qī qiāo)，便询问究竟发生了什么事。

唐敖说："两面国的人都戴着浩然巾，只露出一张脸，却把另外一张脸藏起来不让别人看到。我上去和他们攀谈，他们一个个**和颜悦色**，都很友善。"

"我过去就不一样了，"林之洋抢着说，"我

去和那些人交谈，他们一个个冷冰冰的，**爱搭不理**的样子。我怀疑他们是嫌弃我今天穿的衣服太随便了，而妹夫的着装很得体。于是我俩找个没人的地方调换了衣服，看看会发生什么变化。"

唐敖接过话来："我穿了舅兄的衣服再去和他们交谈，竟然真的没有人理我了。后来我趁舅兄和一个人说话的时候，悄悄掀开他的浩然巾，当时就把我们给吓坏了。原来那人的浩然巾后面藏了一张 **狰狞**（zhēng níng）的脸，老鼠眼睛鹰钩鼻子，一脸的横肉，还有一张血盆大口，伸着长长的舌头，喷出一股黑气。看到他们丑恶的样子，吓得我腿都软了，险些没有摔倒！"

大家谈着这些奇异的事，不知不觉天色渐晚，便各自睡觉去了。

第二天清早,忽听一阵嘈杂声,大约有上百个头戴浩然巾的粗壮汉子跳上船来抢东西。

领头的强盗大吼一声:"快拿买路钱来!"船上众人立刻吓得**魂飞魄散**。

林之洋只得跪在船头说道:"禀告大王,我们都是小本经营,船上并没有什么货物,也没有很多钱孝敬您。求求大王放过我们吧!"

领头的强盗大怒,说道:"我跟你好说不管用是吧?好吧!看我先把你结果了性命再

说！"随后他手举大刀就要朝林之洋脖子上砍。

在这万分紧要的关头,忽然看见旁边的船上飞过来一发弹丸,将这大汉打倒。接着,啪啪几声,前面的几个壮汉也被弹丸打中,纷纷倒地。弓弦响处,那些弹丸像雨点一般打过来,真是**弹(dàn)无虚发**,随即船上、岸边倒下一片。

强盗们一看情况不好,都慌神了,四散奔

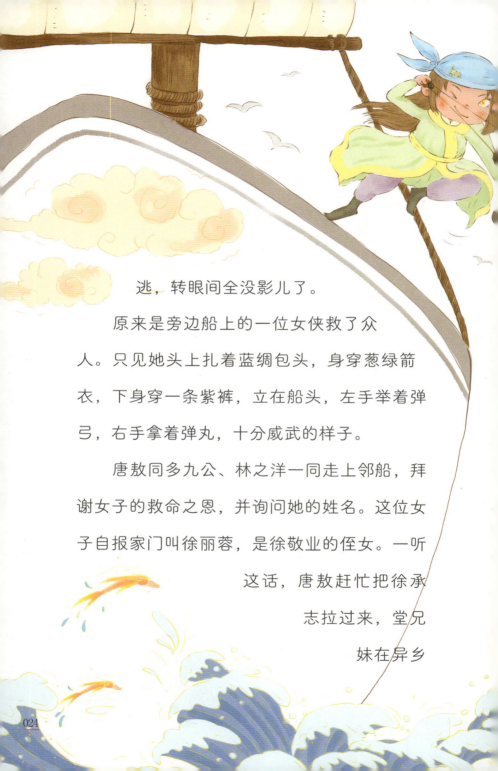

逃，转眼间全没影儿了。

原来是旁边船上的一位女侠救了众人。只见她头上扎着蓝绸包头，身穿葱绿箭衣，下身穿一条紫裤，立在船头，左手举着弹弓，右手拿着弹丸，十分威武的样子。

唐敖同多九公、林之洋一同走上邻船，拜谢女子的救命之恩，并询问她的姓名。这位女子自报家门叫徐丽蓉，是徐敬业的侄女。一听这话，唐敖赶忙把徐承志拉过来，堂兄妹在异乡见面，真是意想不到，二人更是抱头痛哭。

徐承志**归心似箭**，他和妹子商议之后，决定和众人告别，二人同回天朝故乡。

叩头：旧时的礼节，跪在地上，两手扶地，头近地或着地。

民风：指民间的风尚、风气。

蹊跷：奇怪，可疑。

和颜悦色：形容态度温和亲切。

爱搭不理：像是理睬又不理睬，形容对人冷淡、怠慢。

狰狞：形容面目凶恶可怕。

魂飞魄散：吓得连魂魄都离开人体飞散了。

形容惊恐万分，极端害怕。

弹无虚发：子弹颗颗中靶，没有一颗打出靶外；形容百发百中。也比喻做一件事成一件事，没有落空的。

归心似箭：形容想回家或返回原地的心情十分急切。

穿胸国人狼心狗肺，厌火国遇险人鱼报恩

这天大船航行到了一个叫穿胸国的地方。林之洋问道："人的心脏都是长在皮肉中间的，可我听说这个穿胸国的人胸都被穿透了，好像找不到心脏，这是真的吗？"

"如果没有心脏，人是不能活的。"多九公说，"最开始啊，这些人的心也是像我们一样正常地长着，可是后来，由于这个国家的人不好好做人，遇到事情总有一个坏心眼儿，慢

慢地心脏就长歪了。到最后全都烂掉了，在胸口这里烂出一个大洞。这也是老天对他们的处罚。于是医生便用中山狼的心和波斯狗的肺把他们烂掉的洞填补起来，这些人才勉强活着。"

"哈哈，这岂不成了**狼心狗肺**？"林之洋笑道。

"正是狼心狗肺。"多九公说。

"还有一个国家叫结胸国是吗?和这个穿胸国有没有关系?"唐敖问。

"没有关系,但也是一个令人讨厌的国家。再过一会儿我们就会到达这个国家。"多九公介绍说,"那个结胸国的人并没有什么坏心肠,只不过是特别的懒惰(duò),又贪吃,每天吃了就睡,睡了又吃,弄得自己整天不消化,食物堆积在胸前,高高鼓起一个大包。时间久了竟成了**顽疾**,代代相传。"

"看来这种病也是治不好了。"唐敖说。

"对,怪病。"林之洋讽刺道,"这种病就叫**好吃懒做**。"

多九公说:"如果请我给他们医治,也不需服药,只要把他们的懒筋抽了,再把肚子里的馋虫去掉，包他们一个个都成了好人。"

这天到了厌火国，唐敖约多九公、林之洋二人登岸。走了没多久，见到一群人，脸像墨一样黑，长得像猕猴，嘴里唧唧呱呱地叫着，也不知道在说什么。他们都伸出双手，看那样子，倒像是在乞讨。

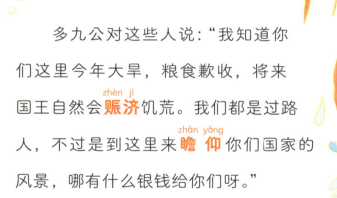

多九公对这些人说:"我知道你们这里今年大旱,粮食歉收,将来国王自然会赈济(zhèn jì)饥荒。我们都是过路人,不过是到这里来瞻仰(zhān yǎng)你们国家的风景,哪有什么银钱给你们呀。"

那些人听了,仍是七嘴八舌地说话,久久不愿散去。

林之洋火气上来了,大声喊着:"九公,咱们走吧,哪有工夫同这些穷鬼瞎扯!"

他的话才刚说完,只听那些人一阵乱叫,一个个口内喷出烈火,霎时烟雾弥漫,一片火光,直向对面扑来。林之洋的胡须早已被烧得一干二净。三人吓得忙向自己的船上奔逃。

三人刚上船,那些厌火国的人也赶到了,一齐迎着船头,嘴里火光乱冒,烈焰飞腾,众水手被火烧得**焦头烂额**。

正在惊慌之际,猛见海中蹿出许多妇人,都是赤身露体,浮在水面。她们一个个口中喷水,就如瀑布一般,源源不断,一道道寒光直射向那些喷火的人。真是**水能克火**,霎时间大火渐渐熄灭。

林之洋趁机拿出火枪放了两枪,吓跑了厌火国的人。再看看那些喷水的妇人,原来就是几个月前在元股国碰到的人鱼。

那群人鱼见火已熄灭,也就钻入水中不见了。

林之洋赶忙让水手收拾开船。多九公说

道:"只说唐兄上一次救了人鱼,哪知隔了数月,她们又救了一船人的性命。老话说'行善积德',又说'**与人方便,自己方便**',这话果然是有道理的。"

狼心狗肺:比喻心肠狠毒或忘恩负义。

顽疾:难治或很长时间治不好的疾病。

好吃懒做:喜欢吃喝,不愿做事。形容人又馋又懒。

赈济:用财物救济灾民或贫困的人。

瞻仰:恭敬地看。

七嘴八舌:形容人多口杂,你一言、我一语地说个不停。

焦头烂额:比喻情况状态或境遇非常狼狈、

窘迫。

水能克火：谚语，意思是水能扑灭、扼制火。比喻一物可制伏另一物。

与人方便，自己方便：给他人便利，他人也会给自己便利。此句出自明代吴承恩的《西游记》第十八回："施主莫恼。'与人方便，自己方便。'你就与我说说地名如何？我也可解得你的烦恼。"

寻常物巧制仙方，寿麻国炎热无影

三人对人鱼前来报恩解围感慨了一番。刚才惊慌之时还没太大感觉，这会儿说话间林之洋因为被火烧掉了一嘴的胡须，嘴边火辣辣地疼起来。他指着被火灼伤得发红的嘴巴，问多九公烧伤怎么处理？

多九公说："我倒是有个好方子，可惜常年在外面，没法配药啊！"

唐敖说："那要用什么药配？你不如告诉我

们,现在配不了,以后能配得了也可以传世救人嘛。"

多九公说:"这东西倒也不稀罕,就是秋葵,叶子像鸡爪,所以也叫鸡爪葵。等到秋葵开花的时候,把鲜花摘下来,拿瓶子盛半瓶麻油,空半瓶,把秋葵花用筷子夹着放到瓶子里,直到瓶子装满了,再给它封好口放着。遇到有被开水烫伤或被火烧伤的,就取出些油来给受伤的人擦，很快就能败毒止痛。如果伤得比较严重，就连着多擦几次，没有不见效的。"

可是他们眼下急用，又没法配得秋葵，多九公就用麻油调了**大黄**末，给林之洋敷在脸上，过了两天，果然完全好了。

这一天，大家正在**舵楼**（duò）上看风景，就觉得船越往前行越热，像三伏天似的，一个个出了一身汗，唐敖不解地问："这都已经是秋天了，怎么忽然又这么热起来？"

多九公猜测是到了寿麻国的**疆界**，古书上记载："寿麻之国，正立无影，疾呼无响，**爰**（yuán）有大暑，不可以往。"就是说，寿麻这个国家太炎热了，太阳当头直射，人站在阳光里都看不到自己的影子。大声喊叫，都听不到声音。这样的地方非常危险，是不可以去的。所以船转行一条岔路,绕过这个国家。

可是,寿麻国的炎热并没有完全躲过,大船风正帆悬,顺流而下,来到了炎火山附近。

多九公告诉大家:"古人称炎火之山,投物辄燃。扔个东西就能烧着的地方,说的就是这里。"

林之洋说:"《西游记》里有个火焰山,这

牛黄四分　冰片六分
麝香六分　蟾酥一钱
火硝三钱
滑石四钱
煅石膏二两
大赤金箔四十张

里又有炎火山，原来海外竟然有两座火山呢。"

多九公笑道："你这是把天下看得太小了，岂止两座火山啊！"

突然有个水手中暑晕倒，多九公用"街心土"和大蒜捣烂，用一碗井水和匀，沉淀澄清，给水手服下，没多久水手就苏醒过来。

唐敖看到效果神奇，说自己也被热得头晕心慌，求多九公也给他一服药。

多九公道："你不严重，只需要闻闻'平安散'就能好。"说着就取出一个小瓶，递给唐敖。唐敖接过瓶子，打开瓶盖，倒出些粉末在手里，闻了一会儿，打了几个喷嚏，马上就觉得神清气爽了。

唐敖更觉得惊奇，急忙向多九公讨药方："这么好的药，请九公将配方赐给我吧，日后再传授给更多人，不是一件造福大家的好事吗?"

多九公说:"这个方子①是用丁**牛黄**四**分**、冰片六分、**麝**(shè)**香**六分、**蟾酥**(chán sū)一钱、**火硝**(xiāo)三钱、**滑石**(duàn)四钱、煅石膏二两、大赤金箔(bó)四十张,一起碾成细末,碾得越细越好,再用瓷瓶子装起来,密封好,别让它进湿气。这个药专治中暑引起的头晕目眩、昏迷不醒,或热痧腹痛,把药粉吸到鼻子里,很快就能苏醒过来。"

唐敖接过多九公写的药方,连连道谢。

舵楼:指船上操舵的驾驶舱,一般在船尾高起的位置。

---

① 亲爱的小读者,本故事为文学创作,书中药方未经过科学验证,一定不要简单模仿、照搬照用哦!身体不舒服了,还是要及时去医院就诊的。

大黄：是多种蓼科大黄属的多年生植物的合称，也是中药材的名称。中药大黄具有攻积滞、清湿热、泻火、凉血、祛瘀、解毒等功效。

疆界：地区与地区之间或国与国之间的分界。

爰：连词，于是。

牛黄：中药材名，为牛科动物黄牛或水牛的胆囊、胆管或肝管中的结石，具有清心、化痰、利胆、镇惊等药理作用。

麝香：中药材名，为鹿科动物林麝、马麝、原麝成熟雄体香囊中的干燥分泌物，具有开窍醒神、活血通经、消肿止痛的功效。

蟾酥：为蟾蜍科动物中华大蟾蜍或黑眶蟾蜍的耳后腺和皮肤腺体的白色乳液状分泌物干燥后的物料，是中药材攻毒杀虫止痒药的一种。

火硝：为硝酸盐类矿物，又叫消石。具有杀虫作用，主治虫病、不消化症。

滑石：一种矿物，成分是含水的硅酸镁，有白、浅绿、浅黄等颜色。有利尿通淋、清热解暑等药效。

分：是唐朝的重量单位，一分是一钱十分之一的重量。

钱：古代药方一钱约等于现在三克。

炎火山和火焰山

"西海之南，流沙之滨，赤水之后，黑水之前，有大山，名曰昆仑之丘……其下有弱水

之渊环之，其外有炎火之山，投物辄然。"（《山海经·大荒西经》）

释义：在西海的南边、流沙的旁边、赤水的后面、黑水的前面，有一座大山，名叫昆仑丘……山脚下有弱水渊环绕，深渊之外有一座炎火山，只要将物品投到这座山上，就会燃烧起来。

西海有的说是青海湖，也有的说是新疆的罗布泊湖。流沙指的就是西边的沙漠，有说法是塔克拉玛干沙漠；至于赤水和弱水渊是哪里，我们也没办法说清楚，神话天马行空，谁又能说清呢？

对于火焰山，《西游记》里写道："西方路上有个斯哈哩国，乃日落之处，俗呼'天尽头'。这里有座火焰山，无春无秋，四季皆热,那火焰山有八百里火焰,四周寸草不生。若过得山,就是铜脑袋、铁身躯,也要化成汁哩!"火焰山的由来则是通过火焰山土地神之口说出来的:孙悟空在太上老君的八卦炉里炼成了火眼金睛,踢倒了八卦炉,炉砖落在此地化作火焰山。

这个炎火山是不是火焰山呢?这个也是说不准的,像又不像,只能说古代的先民们在神话的基础上,不断加入自己的想象去创造和演绎,当然你也可以发挥想象去描述你心目中的炎火山和火焰山,别怕,祖先们不会生气的!

长臂国人索求无度，翼民国人爱戴高帽

大船行到长臂国境内。大家看到有几个人在海边捕鱼。

"你们看啊，那些人的双臂伸出来竟有两

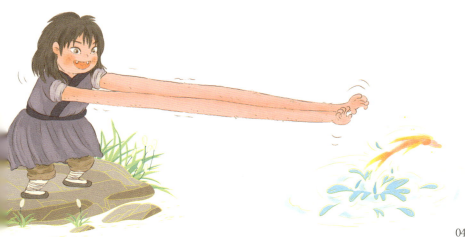

丈，比他们身子还要长呢。"一个水手说。

多九公叹道："凡事总不可强求。比如这里有一些钱，本来不是我的，我也不想要。而这个国家的人就总想伸手来拿，这些钱财并不是他们的应得之物，久而久之，就把手臂弄得这么老长，倒像废人一样。我看他们连鱼也抓不到。"

又走了几天，来到一个更奇怪的国家，叫翼民国。"翼"自然就是翅膀喽。这里的居民都长着一对翅膀，整天在天上飞。而且，他们不是胎生，而是卵生的。

据说这个国家的人最喜欢听**奉承**话——爱戴高帽。因为总戴着高高的帽子，所以头变得越来越长，几乎有五尺长了。

"既然是卵生,那么这里的女人都会生蛋喽。"林之洋打趣地说,"我们不如买一些女人回去,卖给戏班子,那咱们可就发大财了!"

"为什么这样说?"多九公不解地问道。

"多公您看哪，戏班里不是有**老旦、小旦**吗？那么，年老些的女人生出的就是老蛋（旦），年纪轻的生出的就是小蛋（旦），也不用怎么培养，直接就可以上台演戏了。"

"舅兄又在打趣了。"唐敖笑着说。

经过翼民国继续前行，就来到了豕喙(shǐ huì)国。唐敖发现这里的人都长着一张猪嘴，而且说话的口音也**五花八门**地杂乱，很是奇怪，就问多九公是否知道原因。

多九公说："我之前路过这里的时候也觉得奇怪，还向人打听过，一个海外奇人说这里原本没有这个国家，后来为了惩罚那些说谎的人，就把那些谎话精发落到这里**托生**，并且给他们一张猪嘴，罚他们一辈子像猪一样吃**糟糠**。因为这世上的谎话精都被赶到这里转世投胎了，所以口音也就很杂乱，哪里的都有。"

老旦、小旦：戏曲中扮演老年女性和年轻女性的行当。

奉承：用好听的话恭维人，向人讨好。

五花八门：形容花样繁多或变化多样。

托生：指人或动物死后，灵魂转世投胎，是宗教里一种迷信的说法。

糟糠：穷人用来充饥的酒渣、米糠等粗劣食物。

伯虑国人忧思难眠，巫咸国有桑无蚕

又走了两天，一行人来到了伯虑国。据说这里的人天天不睡觉，家里连枕头和被子都没有。不过他们爱打瞌睡，走路时也一副没精打采的样子。

唐敖问多九公："这里的人走路时也是眯着眼睛缓缓前行吗？既然这么疲倦，为什么不在家多睡会觉，养足精神再出门呢？"

多九公说："海外都形容这里的人是'杞(qǐ)人

忧天，伯虑愁眠'。这个国家的人一生最怕睡觉，他们总害怕睡着后就再也醒不来了，从而丢了性命。"

"这也太令人**不可思议**了。"唐敖又问，"既然这个国家的人不睡觉，那么寿命一定不长吧？"

多九公答道："你看这些人整天满腹忧愁，一副不开心的样子，不到成年头发、胡须就全白了，可能长寿吗？"

"哎，真是闲得操碎心！这种人就算是**得过且过**了。"林之洋嘟囔了一句。

船过了伯虑国，没开多久就到了巫咸国。只见这里到处是青枝绿叶，**郁郁葱葱**。

唐敖指着路边那些大小高低的树木，问多九公道："请教九公，这高高低低的绿树叫什么名字?"

多九公说:"大的树是桑树,小的树是**木棉**。不过这个巫咸国很怪,守着桑树却不养蚕产丝,反倒把这些桑树砍作柴火用。"

"那这里的人怎么穿衣呢?"

"他们有木棉树,向来都是取棉絮纺织做衣服。所以林兄带绸缎来这里卖是合适的。"

大语文拾贝

杞人忧天：出自《列子·天瑞》，传说杞国有个人怕天塌下来，吃饭睡觉都感到不安。比喻不必要的忧虑。

不可思议：不可想象，不能理解。

得过且过：只要能够过得去，就这样过下去，敷衍地过日子。也指对工作不负责任，敷衍了事。

郁郁葱葱：形容草木茂密。

木棉：落叶大乔木。树干有瘤刺，枝条成轮状向四周平伸开展。叶互生，叶片平滑，花于初春先叶开放，花朵大而艳丽。种子上披棉毛，棉毛富弹性，适合做枕头、沙发等填充材料。

唐敖搭救姚芷馨，多九公歧舌国行医

唐敖因**水土不服**，感染了痢疾，几天都没有下船活动。这天身体好些了，打听到前面的东口山附近住着一位薛仲璋，原是天朝的大官，流亡到此地定居，便拉着多九公去拜访。

两人正走着，忽见前边有个大汉，手提一把大刀，指着一个女孩儿大吼："你这女子小小年纪，下此毒手，害得我们好苦，今天**狭路相逢**，我要除掉你！"说着，手举**利刃**就朝女孩砍去。女孩身边还有一个瘦弱的老妈妈，吓得**战战兢兢**，几乎要死去。

唐敖自从服了仙草，两膀有千斤之力，他一个急蹿便到了大汉眼前，举起手中的宝剑，一下就把大汉的刀打飞了。那个大汉以为来了更厉害的强盗，撒腿便跑。

唐敖也不追赶，只问女孩的情况。那女孩见有人搭救，急忙跪倒，感谢恩人。

原来这个女孩叫姚芷馨（zhǐ xīn），旁边的老妈妈是她的舅母。女孩的父亲叫姚禹，曾任河北都督，他们一家被武后追杀逃到这里，和薛蘅（héng）香表姐在这里靠养蚕纺织为生。因为她们的蚕丝产品特别好，影响了当地人的木棉生意，所以几次险遭恶人的毒手。唐敖要去拜访的薛仲璋已经去世，薛蘅香是他的女儿。后来唐敖给水仙村的骆红蕖写了一封信，让他们一家带去，又送给他们一些银子作为路费。两姐妹收拾好东西，带着家人去往水仙村了。

这一天大家来到歧舌国，这里的语言是世界上最难懂的一种语言。多九公和唐敖都想学习这里的音韵，但请教当地人，他们却不肯教。后来才知道，国王有命令，如果谁传授外

国人当地的音韵，会受到极其严厉的惩罚。

在闹市里闲逛时，他们见很多人正围着一张皇榜看。挤进来一看，上面写着：王子摔伤，不省人事，若谁能救活王子，赏一千两白银。多九公走上前，**信心满满**地揭下**皇榜**，随卫士进了皇宫。

多九公让侍卫找来半碗小孩尿，掺了半碗黄酒，给王子喂下去。然后从怀里取出一种神药，撒在他的伤口上。随后，多九公又取来一把大扇子，对着病人一阵猛扇。

大家都吓坏了。侍卫们**厉声喝止**："王子都摔成这样了，生命**垂危**，你还给他扇扇子，这不是**雪上加霜**吗？"

多九公说："我哪敢拿人命当儿戏！这种药叫铁扇散，非得用力扇，王子的伤口才能马上结疤，不再流血。"众人都不敢相信。可是过了一会儿，王子摔破的地方果然都结了疤，他慢慢苏醒过来，呻吟着。

"妙药啊妙药，真是**起死回生**的仙丹！"众人都兴奋地呼喊起来。

国王见王子醒过来了，

特别高兴,设宴款待多九公。

后来多九公又为两位王妃治好了妇科病和产科病——条件是请国王赐给他**音韵学**的秘籍。

国王虽然有点儿不乐意,想多送些银两,不传音韵学,托通使多次劝说,无奈多九公宁肯分文不要也不答应,国王知道多九公是打定主意要音韵学了,又见到王子和王妃都已经药到病除,心里很高兴,只好给多九公手写了音韵学方面的秘籍,再三叮嘱只能自己看,千万别外传。

水土不服:对于一个地方的气候条件或饮食习惯不能适应。

狭路相逢:在很窄的路上遇见,不容易让开，多指仇人相遇，难以相容。

利刃：锋利的刀刃，这里借指锋利的刀剑。

战战兢兢：形容非常害怕而微微发抖的样子。也形容小心谨慎的样子。

信心满满：非常有信心。

皇榜：指皇帝发布的有关国家或皇室重要大事的布告。

厉声喝止：用严厉的声音叫停。

垂危：病重将死，或（国家、民族）临近危亡。

雪上加霜：比喻一再遭受灾难，损害愈加严重。

起死回生：使死人复活，多形容医术或技术高明。也比喻把处于毁灭境地的事物挽救过来。

音韵学：是一门研究汉语语音系统的科学，它包括古音学、今音学、北音学等韵学。

唐敖施救枝兰音，治怪病收义女

多九公收了银子后，护送他回船上的**通使**却没有走。

多九公问："您有事吗？"

通使向多九公鞠躬行礼道："老先生您是一位了不起的神医，我的女儿也得了一种奇怪的病，您能不能费心帮我女儿看看病呢？"

原来，通使的女儿叫枝兰音，今年十四岁，七八岁时就得了一种病，肚子胀得特别大，吃什么药都不管用。到现在身体越来越不好了。

多九公让通使把女儿带来。看了一会儿病，多九公皱起了眉头，因为他一时找不到女子生病的原因，所以不敢轻易给开药方。

唐敖把通使找过来，小声问他："我家祖传一个秘方，有两种药专治小孩肚子发胀。你愿意让你女儿吃吃看吗？这药是打虫子的，如果是她的肚子里有虫子，那么吃了以后会有效的。"

通使赶忙点头表示同意，愿意尝试一下。

唐敖写下药方交给通使，这方子主药有两种：一种叫**雷丸**，一种叫**使君子**。要这个姑娘按药方连续吃五六剂，虫子就打下来了。

这一天，众人正要离开歧舌国。没想到，通使带着女儿**慌慌张张**地赶来。大家有点慌了，以为是唐敖给人家开错了药，人家找上门来评理了。

不料，通使叫女儿给唐敖叩头，说请唐敖救救他父女俩的命。唐敖赶忙请父女起身，不敢承受如此大礼。小姑娘仍旧眼泪汪汪的，通使说："本来大贤给开了药方，以为女儿有救了，不料这两味药我们这里没有，花大价钱向医生求购，医生也不知道这药。吃不到药，女儿还是好不了。恳求大贤给我们两服药，或者再另开方。如果孩子吃了能有效果，我一定重金酬谢。"

唐敖为难地说："这两种药原本不值钱，要是在天朝随便就可以照着药方配到，可是现在我手头已经没有药了。你们这个国家里也没有我要的那些中草药。"

一听这话，通使急得直流泪，他说："我们

这里没有这种药,大贤也不能给药,那这孩子不就又没救了吗?"

通使站起身,**郑重其事**地对大家说:"我今年已经60岁了,跟前只有这一个女儿,自从她患病以来,费尽心力,百般医治,从来没有一点儿效果。她母亲也因为愁她这病走了好多年了。之前曾有位高人说这孩子得远走**异国**

他乡，如果遇到唐氏大仙，还有可能病好了多活些年月。如今遇到大贤又给开了药方，这就是这孩子的**造化**啊！如果唐兄不嫌弃我们，请将小女收为您的义女，带回天朝。假若日后能治好她的病，也算是天大的幸事了。我们在这里**生生世世**都不会忘记你们的大恩大德！"说着，通使和女儿抱头痛哭。

他让仆人捧上一千两白银，五百两送给唐敖，"剩下这五百两就留作这孩子以后的嫁妆吧。拜托您了！"

众人觉得事到如今也只好如此。多九公对唐敖说:"通使大人多赠银两,不过是爱惜女儿,唐兄就收下吧。以后治好了兰音小姐的病,他们父女说不定还有相见的时候。"

唐敖点头同意。

枝兰音父女二人含泪道别。

通使:指代表国家进行外事交往的使者。

慌慌张张:形容举止慌乱,不稳重。

郑重其事:形容说话做事的态度非常严肃

认真。

异国他乡：指远离家乡外国的地方。

造化：这里指运气，福气。

雷丸：雷丸，中药名，为白蘑科真菌雷丸的干燥菌核。主要用于杀除肠道寄生虫。

使君子：一种攀援状灌木，别名舀求子、四君子、史君子，使君子的种子为中药中有效的驱蛔药之一，对小儿寄生蛔虫症疗效好。

生生世世：佛教认为众生不断轮回，生生世世指每一辈子，这里指一代又一代。

太好看了！经典桥梁书系列

好看的镜花缘

〔清〕李汝珍 著　小种子童书馆 编绘

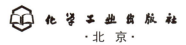

·北京·

目录

001 智佳国猜灯谜尽兴，林之洋女儿国受难

012 揭皇榜治水患，唐敖搭救林之洋

019 林之洋营救世子，唐敖触旧梦渐悟禅机

025 轩辕国王千年寿诞，众国王喜聚会

040 唐敖弃凡尘，独留小蓬莱修仙

049 白猿揭开谜底，小山出海寻亲

智佳国猜灯谜尽兴，
林之洋女儿国受难

一行人乘船到达智佳国时，正巧赶上了中秋佳节，水手们都要饮酒过节，把船早早停泊到岸边。唐敖约了多九公、林之洋二人进城看热闹。只听爆竹声**此起彼伏**，城市里张灯结彩，叫卖的、讨价还价的，人声喧哗，十分热闹。

林之洋说道："看这花灯，倒像咱们国家的元宵节了。"

　　大家觉得好奇，便找人询问。原来这里的风俗，因为嫌正月太冷，人们觉得这时候过年没意思，不如八月**天高气爽**，不冷不热，正好过年，因此把八月初一日改为元旦，中秋改为上元。此时正是"元宵佳节"，所以热闹。

　　三人沿街走着观看花灯，忽然看见一家门

上贴着个纸条,上面写着"春社候教"。唐敖高兴地说:"想不到这里竟还有灯谜,我们何不进去一看?"

于是三人走进大门,见那二门上贴着"学馆"两个大字,唐、多二人不禁吃了一惊,转身想回去,可又舍不得灯谜。

林之洋见他俩**犹犹豫豫**的样子觉得十分好笑,便故意逗他们说:"你们只管大胆进去。谁要是敢和你们谈诗文,我就用鸟枪打他们。呵呵……"

三人在这里玩得很开心,一些猜国家名的谜语,都被他们猜到了,比如:"千金之子"是女儿国,"分明眼底人千里"是深目国,"**永锡**

难老"是不死国，而一张纸上画了只螃蟹的就是无肠国了。

唐敖看到这里的人多是须发皆白的老翁，不解地问多九公："之前在劳民国，你曾说'劳民永寿，智佳短年'，我看这里的人还挺长寿啊，老头这么多！"

多九公说："别看他们胡子都白了，其实不过三四十岁。这里的人喜好天文、卜筮、勾股算术，又彼此争强好胜，个个用尽心机、苦思冥想，想要**出人头地**，却心血耗尽，不到三十岁就已满头白发了。四十岁就相当于我们的**古稀**之年了。"

离开智佳国，又走了几天，来到女儿国。这里和别的国家大不一样，男人都穿扮成女人的样子，在家里做家务；而女人却打扮成男人，在外面做买卖，管理大事。

　　林之洋觉得这里女人多，肯定好销售他的脂粉，便带着上等好货去一个大户人家推销。那人确实很喜欢这些脂粉，林之洋赚了一大笔钱。临走的时候那个人很客气地把林之洋送到门外，"你看那边，"这人用手指着不远处一座很**气派**的宅院，"那就是国舅府，里面的人肯定会特别喜欢你的货。"

林之洋听了非常高兴，没想到这一次自己在女儿国要发大财了。谁知**乐极生悲**，林之洋此去，如同掉进了陷阱，想逃也逃不出来了。

原来女儿国的国王正在国舅家里呢。国王不仅喜欢林之洋带去的脂粉，更是看上了他。国王叫宫女们把林之洋引上一座小楼，**不容分说**，便扒光了他的衣裳，给他洗了个干干净净。然后又擦上香粉，把林之洋的头发上抹了好多头油，还把他的嘴唇涂得通红。林之洋就像做梦一般**任人摆布**，不知不觉就做了王妃。

这还不算什么，最让林之洋受不了的是——**缠足**。宫女们用力把他的脚趾紧紧靠拢在一起，把脚面用力掰成弯弓状，用白布包裹，再用针线在白布外面缝紧，然后再缠上一层又一层的白布，林之洋的脚痛得如同火烧一样。

到了晚上，林之洋疼得睡不着觉，费了半

天劲,把脚上缠着的白布都撕掉了,这才感觉舒服。

第二天,国王知道后大怒,让人用棒子打他,把他的屁股打得皮肉出血,林之洋只好呼喊求饶。

于是宫女又给他重新缠足。没两天他又受不了,再次把白布撕扯掉。国王叫人把林之洋

头朝下吊起来,那滋味实在不是一般人能承受的。林之洋**痛不欲生**,再次求饶。

就这样,没过多长时间,林之洋就被改造成了一个脸色雪白、皮肤香嫩、有一双看上去非常瘦小的脚的"美女"。

林之洋受难的同时,唐敖和多九公把所有的地方都找了个遍也找不到他。大家**心急火燎**,不知如何是好。

天高气爽:形容秋天天空高远明朗、气候凉爽宜人。

犹犹豫豫:不果决;无法做决定。

永锡:"永锡难老"句出自《诗经·鲁颂》"鲁候戾止,在泮饮酒,既饮旨酒,永锡难老。"是永远长寿的意思。

出人头地：超出一般人，高人一等。

古稀：出自杜甫《曲江》诗"人生七十古来稀"，指人到了七十岁。

气派：这里指建筑表现出来的高大气势。

乐极生悲：快乐到了极点的时候，发生悲痛的事情。

不容分说：不容人分辩解释。

任人摆布：听凭别人操纵处置，任由别人指挥。

缠足：中国古代一种陋习。是用布将女性双脚紧紧缠裹，使之畸形变小。

痛不欲生：悲痛得不想活下去，形容悲伤到极点。

心急火燎：心里急得像火烧一样，形容非常焦急。

女子国的传说

《山海经》里的女子国位于巫咸国的北面,起初只有两个女子居住在这里。这里四周有水环绕着,国境内有一眼神奇的泉水,名叫黄池,女子只需在这黄池中沐浴即可怀孕生子。若生下男孩,三岁便会死去。若是女孩则可以长大成人。所以女子国里只有女子而没有男子。

在中国神话里,有很多关于女子国的传说,流传最广的,是《西游记》里女儿国的故事:唐僧取经路上路过西梁女国,此国人尽是女子，没有男子。国内有一条河，唤作子母河，王都城外，还有一座迎阳馆驿，驿门外有一个照胎泉。西梁女国的人长到二十岁便去喝子母河里的水。喝水之后，便觉腹痛有胎。三日之后，到迎阳馆的照胎泉边去照。若照得有了双影，就会降生孩子。

据史学家考证，在南北朝至唐期间，我国西南地区曾有一个以女性为中心的女权国家，称东女国。东女国大致位于今天的四川甘孜州的丹巴县至道孚县一带，其中泸沽湖的扎坝地区则是东女国的中心。当地的摩梭人至今仍然保留着母系社会的风俗特征，女人当家，男人耕种。"女儿国"的传说在今天听来似乎不可思议，但事实上它不过是母系氏族社会的遗留特征而已，也就是说史书中的东女国一直保留着母系社会的传统。

揭皇榜治水患，唐敖搭救林之洋

多九公和唐敖到处打听，终于从国舅府那里知道了林之洋的下落。众人商量，想个什么办法救出林之洋。

这天，街上贴出了一张皇榜，上面写着女儿国连年遭遇特大水灾，人民无法正常生活，如果有人能治理好河道，就赐他做大官，赏金银财宝。唐敖想都没想，上前一把揭下了皇榜。

百姓们听说有人揭榜，**登时**四方轰动，老老少少，无数百姓，都围过来观看揭皇榜的人。

"我姓唐,是从天朝来的,听说你们这里发了大水,人民不能**安居乐业**,所以我**不辞辛劳**从我们国家赶来,给这里治理河道,解除水患。"唐敖大声说。

百姓们听说这位从天朝来的神人可以治水,可高兴坏了,都欢呼起来。

"但我有一个要求!"唐敖说,"我不想做官,也不要钱,只要国王能放了王妃,我就答应治理河道。王妃是我的朋友,我们还要去别的国家。"他又对百姓们说,"你们如果想让我把河道治理好,就一起去皇宫外面帮我向国王求情吧,只要是国王放了人,我立即开工。假如国王不肯放我的朋友,那也没什么好说的,我只好回国去了。"

听唐敖这么说,那些围着看热闹的人,**不约而同**地朝宫门走去。

有人连忙把唐敖所说的这些话告诉了国王，国王听了十分生气，不愿意放出林之洋。

然而百姓们宁可被杀头也要请神人把河道治理好，为子孙后代造福。于是，数万百姓全都簇拥到皇宫外，跪在那儿不走，恳请国王放人。

"唐兄你真的会治水吗？"多九公疑惑地问。

"嗐，我哪里会治水，俗话说'**火烧眉毛，且顾眼前**'。只是听说当年**大禹治水**采用**疏通河道**的办法。我们这次仍然使用这个方法，我想是可以治理好的。"

"这么简单的办法，难道这里的官员们都不知道？他们就不会自己治水吗？"多九公问。

"九公啊，这个问题我已经调查清楚了。"唐敖答道，"这个国家没有生铁，所以也就没有任何铁制的工具，如何能开挖河道呢？幸好我出发前带了很多生铁，我可以教他们打造成各种铁制工具，这样就可以挖通河道了。"

女儿国国王故意拖延了几天，见百姓还是要求放人，又经国舅多次规劝，最后终于答应，只要从天朝来的唐敖把水患彻底治好，她可以放林之洋回去。

用了两三天时间，唐敖带人把各种铁制工

具都造齐了。于是选择了一个好日子开工。

又过了十几天，河道终于被唐敖治理好了。百姓们非常感激。几个老者凑了一些钱，仿照唐敖相貌，立了一座**生祠**，还竖了一块金字匾额，上写"泽共水长"四个大字。

国王听说河道已经治理好了，也非常高兴，于是就放了林之洋。

林之洋因为被缠了小脚，走起路来非常慢。他很费劲地回到船上，一家人终于团圆，大家看到林之洋现在的样子，又是心疼又觉得可笑。

登时：顿时，马上。

安居乐业：形容人们安定地生活，愉快地劳作。

不辞辛劳：形容不怕劳累和辛苦。

不约而同：没有事先商量而大家的见解或行动一致。

火烧眉毛，且顾眼前：火快烧着眉毛了，先把眼前的急事解决了。比喻事情急迫，先来救急。

大禹治水：中国古代的神话传说故事。大禹从鲧治水的失败中吸取教训，改变了"堵"的办法，对洪水进行疏导，终于治好了河道。

疏通河道：清除淤塞或挖深河槽使水流通畅。

规劝：郑重地劝说、劝告。

生祠：旧时指为活人修建的祠堂，来表达对这个人的感激和爱戴。通常一般的祠堂是用来纪念去世的人的。

林之洋营救世子，唐敖触旧梦渐悟禅机

林之洋回到船上，众人**悲喜交集**，一阵抚慰之后，林之洋的情绪稍微**平复**，便将女儿国**世子**托付的事详细地跟唐敖和多九公说了一遍。

原来林之洋在女儿国受难的时候，也不是完全**孤立无援**，他结识了世子。这位世子八岁时被女儿国国王立为"太子"，后来她的生母去世，西宫王后独得女儿国国王的专宠，想把自己的"儿子"立为"太子"，便处处为难陷

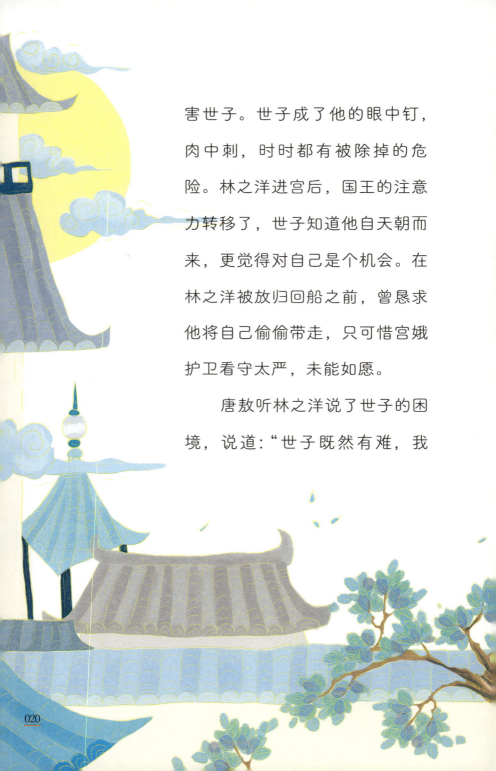

害世子。世子成了他的眼中钉，肉中刺，时时都有被除掉的危险。林之洋进宫后，国王的注意力转移了，世子知道他自天朝而来，更觉得对自己是个机会。在林之洋被放归回船之前，曾恳求他将自己偷偷带走，只可惜宫娥护卫看守太严，未能如愿。

唐敖听林之洋说了世子的困境，说道："世子既然有难，我们自然应该设法救她,何况她还对舅兄你有所照顾呢。"于是二人商议,趁入夜天黑,潜入王宫的世子住处牡丹楼,将她救出。

可是唐敖、林之洋二人救人心切,对形势判断太过简单,这次营救并未成功。林之洋被宫人发现,又被国王扣押在宫里了。不过他们并不气馁(něi),毕

竟唐敖逃了回来,权当这次是打探宫里的情况了。

林之洋周密谋划,他**威逼利诱**,取得了看守宫娥们的信任,不但没有再遭受皮肉之苦,还得到机会与世子详细说了逃脱计划。两人在世子生日当晚,趁宫人吃赏宴疏于看守之机,

与唐敖**里应外合**，翻墙逃出了王宫，来到船上。三人一到船上，大船马上下篙(gāo)启程，赶紧逃离女儿国。

世子到船上后换了女装，拜林之洋为父、吕氏为母，与婉如、兰音结为姐妹。多九公问她姓名，她说姓阴，名若花。唐敖听见"若花"这个名字，猛然想起之前梦里，梦神说要他到海外多留神寻找十二花神，将她们护送回来。唐敖想了想，一路遇到的女孩子，锦枫、红蕖、紫樱、红萸、兰音、芷馨等人，没有一个不用花木命名的，只是他没大留意，这个若花倒是给他提了醒。

大语文拾贝

世子：古代帝王和诸侯的儿子中确定将来

继承王位或爵位的。

悲喜交集：悲伤和喜悦的感情交织在一起。

平复：恢复平静。

孤立无援：形容不能得到同情和援助。

气馁：指失去信心和勇气。

威逼利诱：指用软硬兼施的手段，企图使人屈服。

里应外合：里面外面相互配合，呼应。

篙：撑船的竹竿或木杆。

轩辕国王千年寿诞，众国王喜聚会

前面就是轩辕国了，远远望去，只见对面霞光万道，从中隐隐现出一座城池。这是西海的第一大国。

大家一路走着，忽然看见一个侍卫高举黄罗伞盖，上面写着"君子国"三个大字，伞盖之下，是一位威严的国王，骑着高头大马。随后，又一面黄罗伞盖写着"女儿国"，下面正是前不久才见过的女儿国国王。后边跟着许多随从，前呼后拥，好不气派。

大家一打听才知道，明天刚好是轩辕国国王一千岁生日，所以远近共三十个国家的国王，一齐来这里为他祝寿。其实轩辕国的人八百岁以上的就有很多，千岁在这里都不算高寿。

"这下可好了。"唐敖说，"我们去过的那些国家，像什么君子国、大人国、淑士国、智

佳国呀,那些国家的国王都到这里聚齐了。看来这位轩辕国的国王极有威望。"

"这位国王是黄帝之后,向来为人**圣德**。对待邻国,无论远近,都很友好。而且有求必应,乐意为其他国家**排忧解难**。每当遇到两国争斗,轩辕国王就给双方和解,海外因此长年平安无事,百姓也可以快乐地生活。"多九公

说,"我刚才打听过了,今天各国的国王都在千秋殿,轩辕国王设宴款待大家,殿外还设立了数十处**梨园**演戏。无论军民,只管进去瞻仰,这就叫作与民同乐。"

"那我们也去凑凑热闹吧。"林之洋高兴地说。

大家随着众人一路走,来到一座高大的**牌楼**前,只见这里霞光四射,**金碧辉煌**。穿过一座金色的大门,到了千秋殿,四面都是亭台楼阁,如入仙境一般。这里已是人山人海,百姓们好奇地看着各国来的客人,小声议论着。

只见正中间坐着轩辕国国王,他头戴金冠,身穿黄袍,后面一条蛇尾,高高地盘在金冠上。

"看,那是长股国国王。"多九公说,"他的腿大约有两丈长。咱们脚踩的高跷,就是仿照他们的大长腿做的。旁边那位是三身国的国王,就像他的名字一样,有三个身子。两条腿交叉着缠在一起的是交胫国国王。他旁边那位脸上长着三只眼睛、只有一条胳膊的是奇肱(gōng)国国王。"

这时,只听长臂国国王对长股国国王说:"我和你凑在一起,正好是一个渔翁啊。你看你的腿有两丈长,我的胳膊也是两丈长,如果

到海里捕鱼，你把我驮在背上，你的腿长不怕水，我的胳膊长可以入到深水里去捞鱼，这不是天下最好的渔翁吗？"

那边又听到伯虑国国王说："诸位王兄啊，小弟其实是有很高的志向的，但是我长年**抱病**，精神疲惫，近来竟如同废人一般。小弟我想，人生在世，这寿命的事真是说不好。为什么我们那个地方的人都是短寿呢？像我吧，还没到三十岁，就已经**老迈**了，女儿王兄比我年纪大些，可却显得特别年轻。这是什么原因呢，能不能请各位指教一下？"

女儿国国王回答:"王兄你其实也是有长寿法宝的,但你的那些习惯不对。"

厌火国国王说:"王兄你要减少一些

忧虑,把心放宽,不要熬夜,该睡就睡,该起就起,这也是养生之术。"

劳民国国王摇着身子说:"倒是我们国家的人每天跑来跑去,奔波劳碌,不知忧愁为何物。到了夜间,头一沾枕头便沉沉睡去。"

"可见劳心、劳力,还是有很大差别的呀。"轩辕国国王说。

犬封国国王笑着说:"伯虑王兄别总忧虑,

就像我一样,天天变着法儿地吃喝,有享不尽的口福。"众人听了都笑起来。

谈笑间,女儿国国王忽然发现了夹在人群中的林之洋。是不是还想着**破镜重圆**呢?女儿国国王对着林之洋痴情地看了又看,那边深目国国王手举着一只大眼睛,也对着林之洋**目不转睛**地瞧着。

林之洋被看得不好意思了,赶忙拉着多九

公和唐敖溜出大殿。

大语文拾贝

圣德：至高无上的道德。

排忧解难：排除忧愁，解除困难。

梨园：因唐玄宗时常在梨园教习歌舞戏曲艺人，后来将梨园作为对戏曲班子的别称。

牌楼：做装饰用的建筑物，多建在街市的重要路口或重要的景点旁，有高大的立柱和宽大檐顶。

金碧辉煌：形容建筑物装饰华丽，光彩夺目，比喻陈设华丽。

抱病：指身上有病。

老迈：指年老体弱（常含衰老意）。

破镜重圆：经常用来比喻夫妻失散后重新

团聚或决裂后重新和好。

目不转睛： 凝神注视，眼球一动不动。形容注意力高度集中。

轩辕国的传说

轩辕之国在此穷山之际，其不寿者八百岁。在女子国北，人面蛇身，尾交首上。（《山海经·海外西经》）

在女子国的北边，有一个国家叫轩辕国。这个国家里的人长着人的脑袋，蛇的身子，尾巴就盘绕在头顶上。他们很神奇，即使不长寿也能够活到八百岁。在这个国家的西面有一个小土丘，叫作轩辕之丘，是黄帝曾经居住的地方，常年有四条蛇在那里守卫。轩辕国的国人射箭，不敢朝着西面射，因为怕射到轩辕之丘。

黄帝是中华民族的"人文始祖"，他是有熊国国君少典的儿子，二十岁继承了有熊国国君的位置。有熊氏本来是一个小部落，隶属于当时的神农氏部落联盟。黄帝当国君的时候，神农氏部落已经开始衰落，尤其是东方蚩(chī)尤部落崛起，强有力地挑战着神农氏的地位。于是黄帝便趁两强相争的机遇，迅速扩张，打败并且招降了很多部落，中原大地便形成了炎帝、黄帝、蚩尤三足鼎立的局面。

后来，黄帝打败了炎帝，并与炎帝部落合并，接着就进攻蚩尤。三年里与蚩尤打了九仗，都未能获胜，最后黄帝集结部队，在涿(zhuō)鹿与蚩尤决战，终于擒杀了蚩尤，统一了中原各部落。黄帝也成为了华夏始祖。

长腿的捕鱼人

长股之国在雄常北,被(披)发。一曰长脚。(《山海经·海外西经》)

长股国又叫作长腿国,那里的人都赤裸着上身,披散着头发。他们的身体跟普通人并没有太大的区别,但双腿奇长无比,可达十米,走路的时候就像踩着高跷(qiāo)一样。长股国国人很喜欢吃鱼,但是他们腿太长,捕鱼的时候弯下腰,手都探不到水里。于是就和长臂国国人相互配合。曾有人看见一个长股国的人背着一个长臂国的人在海里捕鱼,他们不用坐船,身上的衣服却一点也不会被浪花打湿。

其实，长股国的国人并不是真的腿长，而是因为他们踩了类似于高跷的工具去捕鱼。现在在南方，仍有踩着高跷在浅海撒网捕鱼的习俗。还有一个说法是，古时有些部落以鹤为图腾，在祭祀的时候，为了模仿鹤，就会踩着高跷来跳舞。

斯文不争的君子国

君子国在其北，衣冠带剑，食兽，使二文虎在旁，其人好让不争。（《山海经·海外东经》）

君子国的国人个个衣冠整齐，腰间佩着宝剑，文质彬彬。他们以野兽为食，每个人都有两只花斑老虎在身边做侍从。虽然能够驱使老虎，但他们都十分斯文，为人喜欢谦让而不好争斗。

据说在君子国中,连田间劳作的农民都是相互礼让、互相帮助的,知道谁家的庄稼长得不好后,便一起帮助那家人整理田地。国人走在路上,不管是官员还是百姓,贵族还是贫民,言谈举止都彬彬有礼。

在君子国的集市上,人人都以自己吃亏、让别人得利为开心事。也就是说,在这里做生意,卖东西讨价还价,不是为了卖个好价钱,而是为了卖得更便宜;而买东西的,也要拼命讨价还价,也不是为了买得更便宜,而是为了让卖家多挣一点。至于次品、假货之类的东西,在这里就更不可能有了。

另外,君子国还有一项很有意思的规定,臣民如果有向国王进献珠宝的,除进献之物会被烧毁之外,还要受到刑罚。

唐敖弃凡尘，独留小蓬莱修仙

　　唐敖知道附近有个不死国，想去看看情况，就请大家把船往那个国家的方向开。结果船在海上遭遇到风暴，经历了连续三天的大风大浪，搞得林之洋晕头转向，还生了病。

　　船停靠在一个叫普渡湾的地方。唐敖和多九公上岸寻访。

　　他们走上一座海岛，岛上有一块巨大的石碑，上面写着：小蓬莱。

这座海岛的风光特别优美,四处可见仙鹤、麋鹿、白猿、清泉、瀑布,**别有洞天**。

忽然,有只红眼白猿抓着一枝灵

芝，从不远处跑过来。

"唐兄你看，白猿手中的灵芝一定是仙草，我们把它捉住，把灵芝分吃了。"多九公说。

于是二人一起追赶白猿。在一个石洞口，唐敖一把抓住了白猿。多九公赶到，二人把灵芝分吃掉。他们见这只白猿挺可爱的，多九公就把它抱回了船。船上的婉如、兰音姐妹们用一条绳子拴了白猿，和它一起玩耍，倒也有趣。

第二天**风和日丽**，要开船了，可大家却找不到唐敖。一个水手说，他看见唐敖很早就独自上山去了。

直到晚上，也没见唐敖回来。

又等了两天，还是不见唐敖的踪影。"我看唐兄大概是到岛上寻仙去了吧？虽说是同我们一起出海游玩，其实早已有了修行的打算。况且他还吃了肉芝、朱草，之前歧舌国的通使也说有奇人称他是唐氏大仙，可见唐兄绝非**等闲之辈**。"多九公猜测着。

水手们怕再遇上大风大浪，催促着尽快开船，他们**七嘴八舌**地说："这座大岭既无人烟，又多猛兽，我们每天夜里都要提着器械，轮流巡查，即使这样还不放心呢，何况唐相公一人独往？""对呀对呀，如今唐相公已经走了好几天，即使没被猛兽吃了，大概也会被饿死。""我们带的淡水和米也不多了，如果只顾

等他一人,大家的生活可就没保障了。"

于是林之洋和多九公一起上了海岛,再次寻找唐敖的踪迹。当二人路过一块石碑时,发现上面龙飞凤舞地写着一首诗:

逐浪随波几度秋,此身幸未付东流。今朝才到源头处,岂肯操舟复出游?

落款正是唐敖。

大家知道唐敖一心想着修仙成道不愿意回来,所以只好流着眼泪先走了。

"等以后我们返航时,再回来接唐兄回家。"多九公说。

大语文拾贝

别有洞天：另有一种境界。形容景物等引人入胜。

风和日丽：形容晴朗暖和的天气。

等闲之辈：指平常人，一般人。等闲，平常的意思。

七嘴八舌：形容人多口杂，你一言、我一语地说个不停。

踪迹：人或动物行动后留下的痕迹。

龙飞凤舞：原形容山势蜿蜒起伏，气势磅礴。现多指书法笔势有力，灵活奔放。

落款：在书画、书信礼品上的题款，多为署名、称呼和日期等。

不死民的传说

传说流沙河以东、黑水之间,有一座山,叫员丘山,山上有棵不死之树,吃了它的枝叶和果实就可以长生不老。山下有一眼泉水,名叫赤泉,喝了赤泉里的水也可以长生不老。在这里生活着一群人,他们饿了吃不死树的枝叶,渴了喝赤泉水,都能长生不死。叫作不死民。

大家都很羡慕不死民,皇帝们更是这样。秦始皇曾不惜代价地派人到海外寻求不死之药。西汉汉武帝同样相信方士们的谎言,花费了大量钱财和人力修建了"柏梁台",在台上铸造了一个六十多米高的铜柱子,柱顶上又铸造了个手托铜盘的铜仙人。那个铜盘叫"承露盘",是用来承接上天降下的仙露的。

其实,不单单是在中国,各个文明和宗教都有关于"不死"的传说。古巴比伦神话、苏美尔神话、北欧神话和爱尔兰神话中,也认为长生不死的人是存在的。这些传说,也许都是为了抚慰人类对生命苦短的感慨和追求永生的愿望吧。

白猿揭开谜底，小山出海寻亲

又走了半年多时间，到第二年六月间，一行人回到了岭南。因为怕妹妹难过，林之洋没敢把唐敖没和大家一起回来的事情告诉她，撒谎说唐敖一个人去京城参加考试去了。林之洋这次带回好些钱财，大家知道这次出海，生意特别好，都很高兴。

唐敖的女儿唐小山到林之洋家，来贺舅舅舅母喜添贵子并在林家住了几天。有一天，从海外带回来的那只白猿忽然跑进屋，它在床底下抓来抓去，竟掏出来一个枕头，在那里玩耍。

小山笑笑，自言自语道："怪不得古人说是'**意马心猿**'，果然竟无一刻安宁的时候。哎，好好的一个枕头，为什么放在床底下呢？"

小山好奇，掀开床单往里面看。她看到了下面的包裹，觉得眼熟，拿过来仔细一瞧，居然是父亲的衣物。她立刻吓得**魂不附体**，认为

父亲一定**凶多吉少**，不觉放声**恸哭**。

她跑到舅舅的屋里，哭着问林之洋到底是怎么回事。林之洋看不好再隐瞒了，只得把唐敖在小蓬莱隐居的事告诉了外甥女。

"妹夫没遇到什么灾难，也没有生什么重病，如今只不过住在山中修行养性，外甥女你不要这么难过！……别哭了，听我慢慢和你讲。"林之洋接着说，"有一次遇见风暴，把我们的船吹到了小蓬莱，妹夫上去游玩，竟一去不归。我们每天都上岛去寻找，找了很久，等得米也快吃完了，水也快喝干了，一船人的性命眼看保不住了，又看到了妹夫在岛上的题诗说想要留在蓬莱修仙，就离开了那个地方。"

听舅舅这么一说，小山下定决心要和林之洋他们再次出海，寻找父亲。

小山每天都会把桌子、椅子摞得高高的，

练习上蹿下跳的本事，为日后爬山、走远路打基础。她对母亲说："女儿听说外面山路难行，如果我现在不预先**操练**操练，将来到了那个小蓬莱，如何能上山寻找父亲呢？"

后来唐小山果真跟随林之洋、多九公的船出海了。这一路，她受尽了艰难。先是身染重病，幸好得到一位疯疯癫癫的道姑相助，送给她一枝灵芝服下，身体才见好转。

没想到，路过一片海域时，海里的一条青龙怪又把小山卷进了大海。幸运的是，一位黑脸獠牙的道士和一位黄脸獠牙的道士及时赶来相救，才**安然无恙**地回来。只不过回来时她还晕着。

林之洋对两位道士感激不尽，拜谢道："请神仙留下名姓，我日后也好报答。"

好看的镜花缘4

黄脸道人指着黑脸道人说:"他是百介山人,贫道乃百鳞山人。今日闲游,路过此地,想不到帮助了你们,这是我们的缘分,何劳多谢。"说完**径自**离去。

多九公和林之洋赶快给小山灌入用仙草做的药,小山吐了几口海水,登时恢复了往常的神态,精神好多了。大家都替她高兴。

不过,这些**艰难险阻**都不能打消小山的志向,她说:"只要能把父亲找回来,就是受更多苦、经历再多的磨难,我也**心甘情愿**。一切都改变不了我找到父亲的决心!"

大语文拾贝

意马心猿：形容心思不定，好像猴子跳、马奔跑一样控制不住。

魂不附体：灵魂离开了身体，形容恐惧万分。

凶多吉少：指事态的发展趋势不妙，凶害多，吉利少。

恸哭：放声大哭，痛哭。

操练：训练。

安然无恙：原指人平安没有疾病，后泛指平平安安没有受到任何损伤。

径自：表示自己直接行动，有些自作主张的意思。

艰难险阻：指在前进的道路上遇到的艰险挫折。

心甘情愿：心里完全愿意，没有勉强。多指自愿做出某种牺牲。

西王母的传说

西王母其状如人,豹尾虎齿而善啸,蓬发戴胜,是司天之厉及五残。(《山海经·西山经》)

有人戴胜,虎齿,有豹尾,穴处,名曰西王母。(《山海经·大荒西经》)

西王母,是中国古代神话中的重要人物。最初的西王母,并不是慈眉善目的样子,而是长着豹子尾巴、老虎牙齿,披着乱蓬蓬的头发,相貌十分怪异。她最初也不是玉帝的配偶,而是掌管灾疫和刑杀的天神,也是玉山与昆仑山的山神。

昆仑山上有棵不死树，不死树上的果子能够炼成不死仙药，有福气得到这药的，吃了可以长生不老。西王母作为昆仑山的山神，自然也掌管着不死仙药。因此，西王母既能用灾疫和刑杀惩罚坏人，也能用不死仙药拯救好人的性命，在人们心中的地位非常尊贵。

耳朵长就长寿吗

聂耳国所在的地方，四面临海，国人常常可以看见波涛中的妖怪。所以，这个国家的人身边总是跟着两只花斑大虎，以保护他们的安全。

聂耳国人最突出的特点就是他们每个人都长着又长又大的耳朵，一直垂到肩膀下面。为了行动方便，他们在行走时不得不用手托住大耳朵。而且，睡觉的时候，他们的耳朵一只可以当褥子铺，另一只可以当被子盖。有这个特点，他们出远门的时候就非常方便，可以免除住店的烦恼。

耳朵长的人长寿吗？这个问题在《镜花缘》里唐敖、林之洋和多九公也讨论过。唐敖说："相书上说，耳垂长，可以长寿，这里的人一定都很长寿！"多九公却说："这个国家的人，自古以来就没有寿命超过七十岁的。这大概是因为'过犹不及'吧。耳朵过于长了，寿命反而减少了。当年汉武帝刘彻问东方朔：'人中有一寸长，那个人必定有百岁的寿命。现今朕的人中有一寸多，是不是可以享有百年多的寿命？'东方朔说：'彭祖活了八百八十岁，难道他的人中应该有八寸八那么长？说的就是这个道理。"

想象力比知识更重要
——我和孩子们一起读《好看的镜花缘》

彭文学

我还在北京日日新学校工作时,班上有一个中法混血的孩子改编了一个剧本,故事原型来自《镜花缘》。当孩子绘色绘色给我讲《镜花缘》的故事时,我看到他眼里充满惊异和喜悦的光。那是我第一次深切地感受到孩子们对《镜花缘》的喜爱。

然而,由清代文人李汝珍所著的这部长篇小说《镜花缘》原著,不要说三四年级的孩子,就是初中的孩子要读下来也是不容易的。所以这部奇幻小说,很多人是不知道的。

在2022年最新部编版教材三年级语文下册的第五单元,编写者引用了爱因斯坦的一句话——"想象力比知识更重要"来开篇。这个单元的语文要素是——走进想象的世界,感受想象的神奇;发挥想象写故事,创造自己的想象世界。我想,在这个单元的学习中,孩子们如果能拓展阅读到《镜花缘》,

那将会是一件多么美妙的事啊。然而，三年级的孩子根本读不懂《镜花缘》原著。

您能想象，作为一名兼任着三年级语文教学的教育工作者，在读到这套《好看的镜花缘》时的那份惊喜吗？

当这套书的主编把试读电子版小样发给我时，我放下了手边所有的工作，一口气读完后就迫不及待地推荐给孩子们。

教室里，孩子们一声不响地阅读着，说明这些三年级的小家伙完全沉浸到了故事里。一节课下来，几乎所有的孩子都读完了第一本。铃声一响，他们就迫不及待地交流起来。

"这也太神奇了，我也好想去参加王母娘娘的蟠桃会……"

"在这里，我觉得嫦娥有点小气，百花仙子才是最美的……"

"以后看到花，我就会想到里面住着一个仙子，哈哈……"

一群女孩聊得兴致勃勃的时候，旁边一个男孩说："你们看到的都不神奇，我觉得唐敖去游访的那些国家才神奇呢。你知道有狗头国吗？"说完，还没等女孩子们反应过来，他就开始大笑，"哈哈哈，哈哈哈，狗头国！太好玩啦！"

另一个也看到了第二本（《好看的镜花缘2》）的小家伙说："我觉得唐敖吃的仙草才神奇呢……"话没有说完，跑到我身边，"老师，你说真的有这样的仙草吗？"

……

这个课间，教室里没有一个孩子不讨论《镜花缘》里的故事。

李汝珍先生所写的这部书，真的很神奇。现在由小种子童书馆改编成白话文的这套桥梁书版，把三年级的孩子成功地带进了这个美妙的想象世界，孩子们实在是太喜欢了。不得不说，编者真是很了解孩子们的阅读喜好。

孩子们读完前三本后,我们就开始对故事进行梳理和讨论:

我们进行这样的故事山结构梳理,孩子们完全能理解,并很乐意自己去做。回顾故事情节,感受想象的神奇,很想自己走进故事里去,成为与唐敖一起探险的一员……孩子们的讨论与书中的精彩内容相映成趣。

讨论结束后,孩子们开心地做了海报——这是一个享受的过程。对于孩子们来说,享受阅读的快乐,是一件多么重要的事啊。

因为学校有一个"小王子花园",孩子们对小王子的故事是非常熟悉的。读完这套书,居然有孩子联想到《小王子》,这是我没有想到的。这个小家伙说:"老师,你看小王子离开 B612 星球,先后游览了六颗行星,我觉得这个故事情节与唐敖的经历相似。不过,小王子游的那些星球只是很奇怪,唐敖游的这些国家更好玩儿。"

读《好看的镜花缘》这段时间,孩子们见到其他班同学,就忍不住介绍书里的故事,当他们成功地让别的同学也好奇起来,就很得意。这让我相信,好书确实有这样的魔力。让好书把孩子们带进想象的世界,何况这个想象的世界还有我们可以学到的很多知识。

更让我惊喜的是读完《好看的镜花缘》之后,孩子们开始自主地写想象小说了,现在班上 95% 的孩子,可以写 500 字以上的想象故事,有三个孩子甚至可以写 5000 字以上的想象故事。也许是阅读启发了孩子们,也许是精彩的故事促发了孩子们的创造热情,我觉得这个可喜的变化肯定得益于阅读这套书的影响。我相信丰富的阅读,一定能丰富孩子们的想象世界,而成长的奇迹从阅读合适的好书开始。

(作者系小学语文高级教师、广州培文外国语学校教师)

太好看了！经典桥梁书系列

好看的镜花缘

· 5 ·

〔清〕李汝珍 著　小种子童书馆 编绘

化学工业出版社

·北京·

目录

- 001 一船人误饮果酒,百果山人降妖相助
- 007 小山、若花进深山寻找唐敖
- 016 泣红亭唐小山抄碑文,遵父命含泪归家
- 025 驳马吓跑老虎,两姐妹回到小蓬莱
- 035 只因"半半缘",百谷大仙相赠清肠稻
- 044 顺风顺水回家,白猿盗书而去

052 武则天殿试才女，众姐妹金榜题名

062 百花仙回归天界，李汝珍编著《镜花缘》

一船人误饮果酒，百果山人降妖相助

　　这天船行到一个地方，前面是一座大山，山里遍布桃树、李子树、橘子树和枣树。众人闻到果香，禁不住诱惑，吃了很多水果，顿觉身体**绵软无力**，像喝醉了一样。水手们也没有开船的力气了，一个个倒在树下睡着了。

　　这时从山里走出来一些女子，她们搀扶众人就往深山里走。尽管大家心里明知不好，但嘴里却说不出来，身上也没有一点儿力气，只能**任人摆布**。小山在船里，并没有吃那些果子，但是来人太多了，她没办法，也被架走了。

不一会儿，众人被拖进一个石洞。只见有个女妖坐在正中，她头戴**凤冠**，身穿**蟒袍**，旁边坐着三个男妖。其中一个男妖如女人打扮，怪里怪气的，另外两个男妖，一个面如黑枣，一个脸似黄橘，蓬乱着红头发，极其凶恶的样子。

"哈哈哈……"只听女妖一阵怪笑，说道，"他们只知道吃果子，哪知我们在果子里面藏了酒。现在一个个都醉成了烂泥。"

女妖传令把所有人都带下去，还要接着给他们喝酒，过几天就可以把这些人蒸熟了酿酒了。

小山跪在地上，流着眼泪，悄悄祈祷：

"我为寻找父亲来到海外,没想到竟然遇到了妖怪,就快要死了,恳请过路神仙快救救我们吧。我就是出家做和尚,也愿意。"

正祷告间,忽然眼前飘来一个道姑,她对小妖们说:"这些人没什么酒量,把酒全拿给我喝。"

小妖们还以为这个道姑和船上的人是一伙儿的,便把酒坛放在道姑面前,道姑一仰头就喝干了。小妖们很佩服,连连说"好酒量,好酒量"。

"真是好酒!"道姑夸奖着,让他们再去拿酒。不久,她就把洞里所有的酒全喝光了。这下小妖们傻眼了,赶快去**禀报**大王。

领头的女妖不相信会有这事,带着三个男妖前来查看。道姑见他们到来,便把嘴一张,嘴里的酒就像瀑布一样冲出来。道姑把手一扬,空中立刻出现一朵彩云。彩云上飘着桃子、李子、橘子和枣四样水果。道姑把果子朝妖怪们的脑门打去,并大喝一声:"四妖,还不快现原形!"之后,她伸出手掌接住。大家一看,原来是桃核、李子核、枣核和橘子核。

原来,这位仙人是百果山人,特来降妖

除怪。

小山问:"请问仙姑,这里距离小蓬莱,还有多远的路程呢?"

道姑说:"远在天边,近在眼前,女菩萨自去问心,休来问我。"收了四核,出洞去了。

 大语文拾贝

绵软无力：形容身体没有力气的样子。

任人摆布：听凭别人操纵处置，任由别人指挥。

凤冠：古代王妃、贵族妇女所戴的有凤凰样装饰的礼帽，起初只有皇室贵族才可佩戴，清代以后成为普通人家女子婚礼时的头饰。

蟒袍：因袍上绣有蟒蛇纹样而得名，是古代官员的礼服。

禀报：向上级或长辈报告。

小山、若花进深山寻找唐敖

走了几天，忽然水手来报告：迎面有一座大山拦住去路。于是停了船，多九公和林之洋上岸去察看。他们走了很久，看到一块石碑，上面写着"小蓬莱"三个字。原来不知不觉，他们要找的地方已经到了，多九公说："怪不得那位道姑说'远在天边，近在眼前'，没想到这么快就到了这里。"

二人回来后告诉众人。小山听了非常高兴，第二天一早，大家互相搀扶着登上了那座

仙岛。

来到小蓬莱石碑下,小山看着父亲在石碑上留下的诗句,不禁**黯然神伤**(àn),泪流满面。她向四处仔细眺望,暗暗点头说:"看到了这里的景致,好像到达了仙界,如此洞天福地,难怪父亲不肯回来。"

第二天,小山背起行囊,准备一个人上山去找寻父亲。

林之洋说:"外甥女你一个人去,我怎么能放心呢?还是我和你一起去吧。"

林之洋在女儿国收的义女若花说:"这一船的人都靠义父您指挥呢,您怎么能去呢。还是让我陪着小山妹妹一起去吧。我在女儿国的时候，学过骑马射箭，练习过各种兵器，可以保护她。"

林之洋的夫人吕氏从箱子里拿出一包豆面递给她俩，让她们上山之前先把这些豆面吃了，这样可以七天不饿，到了第八天再吃一顿，就可以坚持四十九天不饿了。吕氏说："这

逐浪随波几度秋，
此身幸未付东流。
今朝才到源头处，
岂肯操舟复出游？
　　　唐敖

是我们海船上的救命仙丹①啊,你俩收好。"

二人吃过早饭,小山穿上大红**猩猩毡**箭衣,若花换了杏黄色**箭衣**,挂了弓箭和宝剑就出发了。

两人一路行来,相扶相伴,倒也顺利。小山心细,每到拐弯的地方,就用石头或宝剑在那儿画个圈,或者写上"唐小山"三个字,做个记号,这样就可以方便找到回来的路了。

一路上一个人也没碰到,也没遇到野兽。就这样一直赶路,往深山里走。

这一天若花说她突然感觉到饿得慌。小山说:"咱们只顾一路走,也不知道过了几天了。我来算算。"

---

① 亲爱的小读者,没有什么"救命仙丹",按时吃饭才是健康饮食好习惯。

小山一算，今天已经是第八天了，舅妈给的面食吃一顿管七天不饿，现在到了第八天肯定会饿了。

小山告诉若花："你看这满地都是松子和柏子，刚刚我捡起来吃了几个，觉得满口清香，姐姐你也

尝尝，可以解饿呢。"

若花尝了几个，果然不错，不太饿了。于是她们两人每天就捡些松子、柏子**充饥**。就这样，不觉又走了六七天。

这一天正走着，迎面来了一个白头发的老樵(qiáo)夫。两人觉得好奇怪，一路上从来没遇见过人，今天怎么会见到一个樵夫呢？

小山站在路旁问："老爷爷，请问这座山叫什么名字？前面可有人家？"

樵夫上下打量了一下两个女孩，说："这里所有的山都叫小蓬莱，前面这道岭叫镜花岭，岭下有个村子叫水月村。村子里虽然有人住，但也就是很少的几个当地人。

小山又问："您见过有一位从天朝来的姓唐的人吗？他是不是住在这座山里？"

樵夫说:"我听你俩这口音应该是从天朝来的吧?我猜想你问的人是从岭南来的唐敖。"

一听这话小山和若花可高兴了,"我们问的就是他,老爷爷!"两人异口同声地回答。

樵夫说:"唐敖正是和我们住在一起。前两天他得知有天朝来的大船停在海边,就找我去送这封亲笔信。"说着,他拿出一封信,说道,"你们既然都是船上的人,那么我就把信交给你们,省得我再跑远路了。"说完他就走了。

小山把信拆开,和若花坐在一块大青石上一起读信。

原来唐敖已经得知女儿来找他,但他说现在还不想见到小山,要等到小山考中才女之后才能父女相聚。唐敖还给小山起了一个"唐闺臣"的新名字,叫她用这个名字去参加考试。信里还说,如果耽误了考试的日期,那就是不孝。

若花劝小山:"妹妹,你就不要再继续往前走了,还是赶快回家参加考试吧。"

可是小山却说:"我们眼看就要见到父亲了,怎么能**功亏一篑**?"于是她们继续前行。

大语文拾贝

黯然神伤：形容心情沮丧，情绪低落。

猩猩毡：古代小说中经常写到的一种红色的御寒衣料，传说是猩猩血染制的不褪色，故称猩猩毡，实际上是一种毛呢布料。

箭衣：古代箭手常穿的一种紧袖服装，方便骑马射箭。

充饥：吃东西，以解除饥饿。

异口同声：形容很多人说同样的话。

功亏一篑：伪古文《尚书·旅獒》："为山九仞，功亏一篑。"堆九仞高的土山，只差一筐土而不能完成。比喻一件大事只差最后一点儿人力物力，而不能成功（含惋惜的意思）。

泣红亭唐小山抄碑文，遵父命含泪归家

唐小山和阴若花翻山越岭，这天来到一个地方，她们看到路旁有个坟墓，上面写着"镜花冢(zhǒng)"三个字。

"妹妹可知道镜花是一种什么花？怎么从没听说过。"若花问道。

"我也不知道啊，姐姐。"

又走了一会儿，前面有一座白玉做的牌楼，上写：水月村。穿过牌楼，往四下看，却

并没有一户人家。迎面一条小溪拦住去路,又没有桥。怎么过去呢?

二人瞧见有一棵极粗的大松树斜搭在对面的山坡上,就像被人推倒了一样,正好形成一座天然的松树桥。于是两人攀着松树枝走了过去。对面风景秀美,云雾缭绕,还有一座红色的亭子,散发着金光。

两人走过去细看,亭子上面悬着一面金匾,"泣红亭。"小山不觉念道。

若花惊奇地说:"那上面写的文字像蝌蚪一样,妹妹竟然可以认识,果然厉害!"

刚要进去，亭子里忽然万道红光，随之出现一位魁星，左手拿着笔，右手拿着斗，她的样子美若天仙。魁星驾起祥云，向天上飞去。

"原来魁星也有女子啊。"若花说。

"我一直**供奉**着魁星呢。等我以后回到家乡，一定要在男像旁边再立一尊女像，也算没有辜负今天的奇遇。"小山说。

二人向魁星飞走的方向拜了一拜，步入泣红亭。

只见里面有一块白玉碑，长不到八尺，宽却有好几丈，上面密密麻麻地刻了一百个人名。小山仔细看过，**自言自语**道："这石碑上第十一个名字就是唐闺臣，阴若花、林婉如、枝兰音的名字也刻在上面。"

"这么神奇吗，还有我的名字？"若花凑上来观看，但一个字也没看懂。

"这个碑上写的都是**篆体字**,我一个都看不懂。妹妹你全都认识吗?"若花问。

小山一愣,说:"我看到的明明是楷书,怎么姐姐说是上古文字呢?看来我是和这碑有缘,所以一看就懂。"

若花想让妹妹把石碑上的文字讲给她听，小山却说："这上面记载的都是我们姐妹以后的事。我想这就是**天机**吧，不是说'天机不可泄露'吗，我是不能讲给姐姐听的。"

小山仔细看那石碑，除了一百个人名外，还有很多文字。石碑上的文字中还提示小山，要把它们

记录、保存下来，以后传播出去。"可是这里又没有纸和笔，怎么抄写呢？"小山说。

"这个好办，"若花提醒小山，"亭子外面种了许多芭蕉树，那些宽大的叶子正好可以用来写字。"

听了这个主意，小山高兴坏了。但她还是想先见到父亲，然后再抄写碑文。

二人走出泣红亭，看到路边的石壁上有许多大字。二人上前细看，原来是一首七言诗：

义关至性岂能忘？踏遍天涯枉断肠。聚首还须回首忆，蓬莱顶上是家乡。

落款是唐敖。

看到父亲的名字和他留下的诗，小山一阵

发呆,不知怎样才好。

若花说:"妹妹不要发呆了,你看诗的后面写的日期就是今天啊!这明明就是姑父特意写给你的。他提醒你赶快回岭南,不要再找他了,我看你还是听父亲的话吧。"于是若花拉着小山的手,转回泣红亭。

小山便在这座亭子里抄写文字,饿了就吃些松子和柏子。而若花则时常到外面游玩。

小山抄了很久,累了,便趴在那儿休息一会儿。若花进来,想偷看她抄写的是什么内容,可是她发现那些蝌蚪文字,自己连一个字也看不懂。

小山见到不禁叹了口气说:"我抄的真是楷书,而姐姐你看到的却是难懂的古篆,怪不得俗话说'有缘千里来相会,无缘对面不相识',

看来是我与它有缘,而姐姐无缘了。"

这天,小山抄完了所有的碑

文,把芭蕉叶包起来装好,和若花走出泣红亭。小山对着远处山上的宫殿跪拜,她想着父亲很可能就住在那里,忍不住一阵心酸,流着眼泪默默和父亲告别。

冢:坟地。

供奉:这里指祭祀神佛。

自言自语:自己和自己说话。

篆体字:即象形性较强的书体;即隶书之前的字体。篆书分为大篆和小篆。大篆包括甲骨文、金文等。

天机:通常比喻自然界的秘密,也比喻重要而不可泄露的秘密。

驳马吓跑老虎，两姐妹回到小蓬莱

小山和若花继续往前赶路，忽然听到一阵水声，再到前边看到峭壁上刻着"流翠浦(pǔ)"三个大字，有一道瀑布横在面前。

小山很纳闷："我们来的时候，倒见过几条小瀑布，但是没见过这么大的呀，难道我们走错了路不成？"她突然想起，来的时候曾在路边做过标记，两人找了半天，终于看到了小山留下的字迹，可奇怪的是"唐小山"全变成了"唐闺臣"。于是两人便顺着这些字迹往前走。

若花走得脚腕生疼,二人便坐下来休息。这时,忽然听到树叶唰唰地响,瞬间刮起一阵大风,一只**斑斓**猛虎从不远处跑来。两人吓坏了,赶忙拔出宝剑护住头部。只见那只老虎猛地一蹿,从她们头顶跳了过去。原来,二人身后有一只羊在吃草,老虎像老鹰捉小鸡一样抓住小羊,一口就把羊头吃进了肚子,张嘴一吐,就是两只羊角。

两个女孩正看得目瞪口呆之时,老虎已经盯住二人,就要往上扑。紧急关头,听得远处传来一阵鼓声,震得地动山摇,从那边山上跑下一匹怪马,浑身白毛,背上长了一只角,还有四个虎爪,一条黑尾巴,那匹马直扑向老虎。老虎一见,吓得扭头就跑。

若花觉得好奇怪，说："这明明是一匹马嘛，样子也不吓人，怎么老虎就偏偏怕它呢？"

小山告诉她："我曾经在书上看到过有一种神兽叫驳马，头上

长着角，叫声像鼓，能吃虎豹，我猜这就是驳马了。"

这驳马吓跑了老虎，摆着尾巴，很温顺的样子。它在小山面前跪下，吃着旁边的青草。

小山见马很听话，就对若花说："我知道马通人性，你的脚疼走不了路，山路又这样**崎岖**，咱们看看这匹马能不能驮我们走一段。"她走到驳马跟前，轻轻对它说："我叫唐闺臣，因为寻找父亲来到这里，若花姐姐陪我走路，脚走疼了，没法过山，你能驮我们过去吗？等我回到家乡，一定给你立个良马**牌坊**，为你烧香。"小马就像听懂了一样，轻轻点着头。

二人慢慢骑上驳马，抓住它的角。驳马抬起身子，抖了抖毛，迈开四条腿，朝山岭上走去。它走得很平稳，两个姑娘觉得坐在马背上太舒服了,非常高兴。

过了这道山岭,见上次那只老虎又跑到这里来追逐野兽了。驳马生气了,发出鼓一样的叫声。若花和小山赶忙下了马,驳马便直奔老虎而去。

两人坐下来休息。小山捡了些松子、柏子吃了，又把剩下的一点儿豆面给若花吃了。小山说："自打从泣红亭出来，已经走了七天，我们总共走了有二十多天了吧，也不知道舅舅舅妈怎么样了。"

正说话间，突然看见前面树林里有个人远远走来，嘴里大喊着："好了好了，你们终于回来了！"两人吓了一跳，以为来了坏人，拔出宝剑，以防不测。

没想到，从远处**气喘吁吁**地跑来了林之洋。"我一猜就是你们俩回来了，太好了，太好了！"林之洋高兴地说。

"原来是舅舅／义父到了。"二人异口同声地说。

"义父你怎么一个人跑这么远的路来找我

们？"若花问。

"哎，你俩肯定是迷路了，前面就是小蓬莱呀，你们现在已经到了山下。我这几天都非常担心，每天都来这附近等你们，今天终于被我等到了。"

小山拿出父亲的亲笔信给舅舅看，告诉他父亲要她考上才女之后才能父女相见。若花又把小山在泣红亭抄写碑文，以及驳马救了二人的事告诉了义父。

浦：水边或河流入海的地方。

斑斓：灿烂多彩，这里指老虎的毛颜色多样。

驳马：指毛色斑驳的马等。见《周书·齐炀王宪传》:"太祖尝赐诸子良马,惟其所择,宪独取驳马。"形如马,浑身白毛,四蹄如虎爪,黑色龙尾,有一独角在首。

崎岖:形容山路高低不平。

牌坊:又名牌楼,中华古代特色建筑之一。是封建社会为表彰功勋、科第、德政以及忠孝节义所立的建筑物。也有一些宫观寺庙以牌坊作为山门,还有的用来标明地名。

气喘吁吁:形容呼吸急促的样子。

目瞪口呆:形容受惊吓而愣住的样子。

驳马是只独角兽

有兽焉,其状如马,而白身黑尾,一角,

虎牙爪，音如鼓，其名曰驳，是食虎豹，可以御兵。(《山海经·西山经》)

有兽焉，其名曰驳，状如白马，锯牙，食虎豹。(《山海经·海外北经》)

中曲山生活着一种叫驳的异兽。驳长得像普通的马，然而身子是白色的，尾巴是黑色的，头顶长了一只角，牙齿和爪子就像老虎的一样锋利，发出的声音如同击鼓声一般。它是威猛之兽，能吞食豹子和老虎，据说饲养它可以避免兵刃之灾。

春秋时期，一次齐桓公骑着一匹马来到深山里，远远地看见有一只老虎。奇怪的是老虎不但没有扑过来，反而趴在地上不敢动。齐桓公很纳闷，便问他的宰相管仲："我只是乘了一匹马，老虎看见我却不敢动弹，这是怎么回

事呢？"管仲回答说："因为您骑的是驳马，驳马是专吃虎豹的猛兽，所以老虎一见它就会害怕，不敢上前来。"

只因"半半缘", 百谷大仙相赠清肠稻

途经两面国的时候,一船人遭到了强盗的抢劫并被抓走,强盗还把船上的米和面也给抢光了。幸好强盗头的老婆放了众人。跟着唐闺臣他们回来的还有一位黑人女子,林之洋仔细打量她,忽然想起来,这人正是在黑齿国的女学塾中和唐敖、多九公二人谈论文字的那位女子。原来她叫黎红红,父亲被这帮强盗所害,自己被**掳**(lǔ)上山,幸好这次被强盗老婆集体**释**

放了。

在大家的**撮**(cuō)**合**下，船上的四个女孩**结拜**，按年龄区分：大姐是红红，二姐是若花，三姐是闺臣，小妹是林之洋的女儿婉如。

只听众水手你一言我一语地说："船上的米粮都被强盗抢走了，如今**颗粒无存**，大家饿得头晕眼花，哪有气力开船呀！"

多九公对林之洋说:"林兄不是还存着一些豆面吗?快取来,大家都仗着它活命了。"

林之洋应声,随即取出钥匙前去开箱。谁知别的衣箱都**安然无恙**,就是装豆面的这只箱子不知去向了。"肯定是强盗以为这个箱子里装的是金银财宝,把它偷走了。"

离这里最近的是两面国,可以去买米,而到下一个国家淑士国还要走很远的路。众人商议了半天,水手们说情愿挨饿,也不敢再去两面国了。所以只好继续前进,只盼着能遇到客船,多给他们点儿钱换些米面。

可是,两天没吃饭了,也没有碰到一只船。真是雪上加霜,海上偏偏又来了风暴,船也走不动了,只能停靠在一处避风的地方。水手们一个个饿得两眼发黑,满船只听到叹息之声。

闺臣同若花、红红、婉如也饿得受不了，推开窗望着海面发愁。忽然看见岸上走过来一个道姑，脸色焦黄，她手里提着个花篮，前来**化缘**。

众水手说："船上已经两天没有吃喝了，我们还想找人去化缘呢。你快走吧。"

那道姑听了，也不说话，口中唱着歌：

> 我是蓬莱百谷仙，与卿相聚不知年。因怜谪贬来沧海，愿献"清肠"续旧缘。

闺臣听了，忽然想起去年在东口山遇见的那个道姑，唱的好像也是这个歌，"不知'清肠'是何物，何不问她一声？"闺臣带着三位姐妹一同走到船头。

闺臣她们给道姑施了礼,恭敬地说:"仙姑请上船来喝杯茶吧,歇息一下。"

道姑说:"我要化缘,哪有工夫叙谈。"

闺臣说:"仙姑来化缘,我们本应该献上米粮,可是船上已经好几天没饭吃了,请仙姑**见谅**。"

道姑说:"我化缘和别人不一样。如果没有缘分,即使给我堆成山的米粮,我也不要;如果有缘,我这篮子里的稻子,反而可以送给他。"

若花笑着说:"这小小的花篮里能装多少稻子啊?我们船上有三十多个人呢。"

道姑说:"不要小看这个花篮,其实它可以变幻,想要多大就有多大。"

红红说:"请问仙姑,大能有多大呢?"

"可以装下全天下的米粮。"

闺臣问:"既然仙姑的花篮这样神奇,不知道我们船上的人和仙姑有缘无缘?"

道姑说:"那些俗人不来见我,自己无缘,而你们四人与我很有缘。可惜这里的稻子不多,每个人只能有'半半缘'了。"说着,把花篮放在船头。

婉如把稻子取出来,把花篮送还给道姑。道姑接过花篮,对闺臣说:"你要好好保重,我们**后会有期**。"转身就走了。

婉如对三位姐姐说:"姐姐们请看,这位道姑给的大米,竟有一尺多长,不过只有八粒米,怎么够吃!"三人细看,正在惊讶,正好多九公走过来,问这东西是从哪里来的,闺臣就把刚才的事情跟九公说了。

多九公说:"仙姑送的是清肠稻,以前我曾经在海外吃过一粒,吃完了一年都不饿。现在我们船上有三十多个人,我们把这些稻子每个分成四份,正好一人一份,吃下去就可以十几天不饿了。"

听了这话,若花**恍然大悟**(huǎng):"怪不得道姑说什么'半半缘',原来按人数分配,每个人吃四分之一,正好是一半的一半。"

多九公、林之洋二人让船上的厨师把稻米分在几个锅里煮了。大家吃了一顿,个个精神十足。

掳:把人抢走。

释放:这里指放出被关押的人。

撮合：从中介绍促成。

结拜：旧时汉族社会交际习俗，没有血缘关系的人结为兄弟姐妹，因为志趣相投以表示亲近的一种方式。

颗粒无存：通常指粮食一粒也没有了。

安然无恙：原指人平安没有疾病，后来泛指平平安安没有受到任何损伤。

化缘：佛教术语。佛教认为，能布施斋僧的人，即与佛门有缘，僧人以募化乞食广结善缘，故称化缘。

见谅：请对方原谅自己的客套话。

后会有期：以后还有见面的时候（用在分别时安慰对方）。

恍然大悟：对某些事情一下子明白，突然醒悟。

顺风顺水回家，白猿盗书而去

这天船行到一个地方，风很大，还是顺风。林之洋走出船舱查看。众水手说："您看，我们的船被风吹得就如同驾云一般，比鸟飞得还快，比马跑得还急。船虽然走得快，但水面上却看不到波浪，这真是一股神风啊！"

船行了几个小时，前面冒出一座山峰，挡住了去路。

多九公满面春风地朝林之洋走过来，大笑

道:"林兄啊,我想请教你,迎面的高山是什么山?"

林之洋回答:"我初次漂洋过海的时候,曾听您说过,这道大岭叫门户山,怎么您反倒来问我了?"

多九公说:"这座门户山可是个神奇的地方。当年大禹开山,曾将此山开出一条水路,**舟楫**(jí)可通,后来就将此山叫作门户山。但是年头久远了,河道全被泥沙给堵住了。我们船上的几位小姐都要赶到岭南去考试,但是道路还很远,怎么能赶得上呢。除非此山把那些**淤堵**的河道冲开,这样我们就能抄近路到达岭南了。"

二人正说着话,忽然听到涛声像雷声一样响,向对面一看,那堵塞的河道竟自动裂开了一条大口子,船可以从那里直接回岭南了。

这时，船已被风推着进了山口，就像一匹快马，飞奔而去。

一路行来，不知不觉到了七月下旬，船终于**抵达**了岭南。大家收拾行李，多九公跟大家告别，林之洋同众人回家。

晚上，闺臣和兰音、红蕖在一个屋里住着，三人打开窗户，一边乘凉一边闲聊。闺臣把泣红亭的碑文

拿出来给大家看,但她们都看不懂。这时那只白猿忽然走进来,也捧起碑文看。

兰音笑着说:"难道白猿也认识字吗?"

闺臣说:"当时我在船上抄写碑文的时候,白猿也总是过来看,那时我曾经对它说,将来

如果能将这碑文交给一个文人，写成一本书流传下去，也算是它的一个大功劳，不知道它听懂了没有。"

白猿听着她们的对话，嘴里哼了一声，手拿着碑文，将身一纵，竟然蹿(cuān)出窗外。

三人正在发愣的工夫，只听"嗖"的一声，

从窗外蹿进一个红衣女子,看上去像有十四五岁的样子。三人一见到她,都吓得不轻。

闺臣说:"请问这位红衣女子叫什么名字?怎么深夜跑到我家来呢?"

红衣女说:"我姓颜,叫紫绡(xiāo),家在关内,家里已经没什么人了,现在我跟着八十岁的奶奶一起居住。听说皇帝开了女科考试,我也想去参加,可是我在这里谁也不认识。我听人说姐姐学问好,人又大方热情,特意来求姐姐,能不能带我一起去考试?"

闺臣听了,想起碑文里曾经记载了一位女子剑侠,估计就是这个女子,于是说:"这个我可以答应你,只是你家住在什么地方,你是怎么来的?"

"我从小跟着父亲学习剑侠的功夫,别说只隔了几家房屋,就算是隔了几里路,我也片刻就能过来。"

闺臣说:"我家养了一只白猿,刚才捧着一本神书走了。姐姐能不能把它找到?"

"我看见它了,我还看到那本书上红光四射,我也猜想那是一本神书。"紫绡说,"那白猿头上有灵光,脚下有彩云,是一只千年的仙猿。它转眼间就能走一万里路,我怎么也追不上它的。"她又问:"这本神书有何来历?"

于是,闺臣把她在泣红亭抄写碑文那些事**原原本本**地给紫绡讲了一遍。

"也许是白猿想要立下大功,去寻访一个有学问的人,日后也好把咱们大家的故事写成一本书,使其在民间流行。"紫绡说。

"好吧,如果真是这样就太好了。"闺臣说道。

舟楫：泛指船只。楫，船桨。

淤堵：这里指水道被沉积的泥沙堵塞了。

抵达：到达。

蹿：向上、向前猛跳。

原原本本：照原样从头到尾地（叙述）。

武则天殿试才女，众姐妹金榜题名

这一天县里开考了。等到**发榜**，闺臣得了第一，若花、红红、兰音也都**名列前茅**，大家都得到了"才女"的**牌匾**。

之后她们又去**郡**(jùn)里考试，若花得了第二，闺臣第三，红红第四，兰音第五，从此各家都挂上了"文学淑女"的牌匾，都觉得很荣耀。

林氏说："听说郡里考试一共才考中了二十个人，咱们家就有十二个，可见这文风都聚在我们家了。咱们可一定要吃喜酒,要一连吃十二天才行!"于是唐府大摆宴席,大家说说笑笑,开怀畅饮。

很快,残冬过去,闺臣就要同众人去京城参加考试了。选择吉期的时候,因为这年是**闰二月**,就选了二月中旬的日子。这一天,林氏安排酒宴给大家送行。闺臣拜别母亲、叔叔、

婶婶，便同颜紫绡、林婉如、骆红蕖、廉锦枫、田凤翾(xuān)、秦小春、宋良箴(zhēn)、黎红红、卢亭亭、枝兰音、阴若花共十二人，一起进京去参加考试。因为人多难以照料，唐敏又托了多九公等人一起去。

原来，当初因百花齐放的事，众花神全被玉帝贬到人间。唐敖在梦中听到神仙对他说的"十二名花"，就是唐闺臣和她身边的十一个姐妹。这一百个花神被贬到人间之后，有的托生到中原，有的托生到海外，最终都因为武则天一道嘉奖才女的圣旨，全都奔赴京城参加才女考试，重聚在了一起。

转眼间就到了四月初一，这是**殿试**的日期。

这一天，闺臣一大早就起来，带着姐妹

们进了宫，与全国各地来的才女们一起叩拜武皇。武则天见才女们都是满脸书卷秀气，人才济济，心里非常高兴。她出了考试的题目，让才女们作答。之后命上官婉儿和她一起批改试卷，并且确定了初三**放榜**。

到了初三这天，才女们心中**忐忑不安**，不知这次决定命运的大考考得怎样。多九公特意**打探**来了榜单，大家找来同看，上面写着："录

取一等才女五十名,二等才女四十名,三等才女十名……"若花担心大家看不清楚,干脆高声朗诵起来:"第一名史幽探,第二名袁萃芳,第三名纪沉鱼……第十一名唐闺臣,第十二名阴若花……"若花把名单念完,大家竟然全部考中,姑娘们都高兴坏了。

这时忽然听见外面放榜的炮声,先响了四声。"这是'**四海升**

平'。"婉如说。

又响一声炮,众人说:"这叫'五谷丰登'。"

又是三声炮,共八声了,"这叫作'**大椿以八千岁为春**'。"

舜英笑着说:"又是两响,这叫'十分财气'。"

……就这样,炮声一直响到五更天,共放了三十七炮,也不知道是什么原因。

大家各自收拾东西,匆匆忙忙进宫,上殿谢恩。

女皇定了一等才女是女学士,二等才女是女博士,三等才女是女儒士,并且赐给每人一对金花。然后又传旨下去,大摆宴席。宴席中,武皇看着才女们,越看越高兴,又赏赐了大家很多绸缎香料。一连摆了三天的宴席,才女们天天聚会,彼此都姐妹相称,不但互相觉得熟悉,而且都非常亲热,竟是百花仙子们因为这个机缘在人间重聚,互相都有说不完的话。

才女们在一起作诗、猜谜、**行酒令**、辨古文字音韵,谈古论今,好不畅快。

就这样几天之后宴席散了,大家才恋恋不舍地分手,各自回家。

金榜题名:金榜也叫黄榜,科举时代殿试揭晓录取名单的榜。指科举得中。唐代开始以张金榜的形式公布殿试录取名单。

发榜:也叫放榜,通过张贴榜文的形式公布考试录取结果。

名列前茅:指名次排在前面,形容成绩优异。

牌匾：通常是金属或木制的题有文字的板，置于门楣上或墙上，用来标明地点或纪念某人或某事件。

郡：古代的行政区划，秦之前郡比县小，秦汉以后，郡比县大一级。

闰二月：闰月，指农历每2年到3年增加一个月。闰二月指这年有两个农历二月。

殿试：这里指武则天皇帝亲自主考，挑选录取全国最有学问的才女。

忐忑不安：形容心神慌乱，不安定，也作"忐忑不定"。

打探：打听、探问，通过询问探听情况。

四海升平：指天下太平。

大椿以八千岁为春：出自庄子《逍遥游》。大椿：传说中的古树名。远古时有一种大椿树，把八千年当作春，把八千年当作秋。

行酒令：是中国特有的酒桌文化和饮酒礼仪，指在饮酒时通过轮流说诗词、联语或其他游戏来助兴。

百花仙回归天界，李汝珍编著《镜花缘》

闺臣回到家，和母亲林氏商量，她现在已经按照父亲的意思考中才女，可以去和父亲见面了，于是想要再去小蓬莱寻找父亲。

颜紫绡说："我愿意陪同姐姐一起去。"

闺臣听了，十分欢喜，但又不想连累紫绡，她说："我这次去，不一定能把父亲找回来。如果那样的话，我很可能会找一个地方修炼。所以我这一次，真不知道什么时候才能回来。"

紫绡说:"我想好了,如果伯伯不肯回来,我便随着姐姐一起修炼。"

第二天,闺臣拜别了母亲,带着颜紫绡,来到林之洋家。林之洋又买了一些货物,辞别家人后大家上船,一直往小蓬莱而去。

不知不觉过了春天,四月下旬就到了小蓬莱。闺臣和紫绡告别林之洋,上山去了。林之洋等了两个月,还不见她们回来,十分着急,每天上山寻找,可是哪儿也找不到二人的踪影。

这一天忽然来了一个采药的女道童,她把两封信递给林之洋:"这是唐、颜二位仙姑的家书,请你替她们送去。"

原来闺臣已**看破红尘**,百花仙子在人间的

劫难已满，回归仙界去了。那一百个花仙子也陆续回归仙界。一段传奇到此结束。

女皇武则天在病死前，让**中宗李显复位**，归还了大唐天下。

再说那个白猿，原来是百花洞中修道多年的仙猿。它因为百花仙子被贬，也跟着来到人间，本来是想等到尘缘已满，和百花仙子一起回去。谁知百花仙子却命它把那泣红亭的碑文交给文人，去写成一本书流传人间。

它捧了这本碑文，天天去寻找有缘的文人。转眼唐朝三百年过去，到了五代后晋，有一位姓刘的文人可以做这件事情。仙猿把碑文交给他，谁知他说："现在外面**兵荒马乱**，我勉强写了一部**《旧唐书》**，哪里还有时间弄这个？"仙猿只好收回碑文，继续寻找合适的文人。到了宋朝,又找到一位姓欧阳的,还有一位姓宋的,都是当时的才子,它也把碑文给他俩看了。二人说:"我们被这一部《新唐书》折

腾了十七年了，累得快要吐血，哪里还有精神再弄这个**野史**？"

这仙猿找来找去，一直找到几百年后的太平盛世，有一个叫李汝珍的人，也是一个才子。仙猿有点儿不耐烦了，就把这本碑文扔给这个人，自己回山去了。这人见碑文上记载的事迹很有意思，于是花了好几年时间，写成了一本叫作《镜花缘》的书。

看破红尘：一般指看透世俗的快乐和欲望。

劫难：出自佛教，指灾难、灾祸。

中宗复位：武则天的统治结束于神龙元年（公元705年）正月，这时武则天年老多病，满朝文武发动兵谏，要求恢复大唐江山。迫于形势，武则天退位，让她的儿子中宗李显继续做皇帝。十一月，武则天就病死了。

兵荒马乱： 形容战乱时社会动荡、百姓生活无

法安定的景象。

《旧唐书》：五代后晋时官修的史书，是现存最早的系统记录唐代历史的一部史籍。署名刘昫(xù)等撰写。

《新唐书》：是北宋时期宋祁、欧阳修、范镇、吕夏卿等合撰的一部记载唐朝历史的纪传体史书，属"二十四史"之一。

野史：与正史相对的民间编撰的历史，其大部分是根据传闻、神话等编写，有的具有真实性，而有的则有待考察。

想象力比知识更重要
——我和孩子们一起读《好看的镜花缘》

彭文学

我还在北京日日新学校工作时,班上有一个中法混血的孩子改编了一个剧本,故事原型来自《镜花缘》。当孩子绘色绘色给我讲《镜花缘》的故事时,我看到他眼里充满惊异和喜悦的光。那是我第一次深切地感受到孩子们对《镜花缘》的喜爱。

然而,由清代文人李汝珍所著的这部长篇小说《镜花缘》原著,不要说三四年级的孩子,就是初中的孩子要读下来也是不容易的。所以这部奇幻小说,很多人是不知道的。

在2022年最新部编版教材三年级语文下册的第五单元,编写者引用了爱因斯坦的一句话——"想象力比知识更重要"来开篇。这个单元的语文要素是——走进想象的世界,感受想象的神奇;发挥想象写故事,创造自己的想象世界。我想,在这个单元的学习中,孩子们如果能拓展阅读到《镜花缘》,

那将会是一件多么美妙的事啊。然而，三年级的孩子根本读不懂《镜花缘》原著。

您能想象，作为一名兼任着三年级语文教学的教育工作者，在读到这套《好看的镜花缘》时的那份惊喜吗？

当这套书的主编把试读电子版小样发给我时，我放下了手边所有的工作，一口气读完后就迫不及待地推荐给孩子们。

教室里，孩子们一声不响地阅读着，说明这些三年级的小家伙完全沉浸到了故事里。一节课下来，几乎所有的孩子都读完了第一本。铃声一响，他们就迫不及待地交流起来。

"这也太神奇了，我也好想去参加王母娘娘的蟠桃会……"

"在这里，我觉得嫦娥有点小气，百花仙子才是最美的……"

"以后看到花，我就会想到里面住着一个仙子，哈哈……"

一群女孩聊得兴致勃勃的时候，旁边一个男孩说："你们看到的都不神奇，我觉得唐敖去游访的那些国家才神奇呢。你知道有狗头国吗？"说完，还没等女孩子们反应过来，他就开始大笑，"哈哈哈，哈哈哈，狗头国！太好玩啦！"

另一个也看到了第二本（《好看的镜花缘2》）的小家伙说："我觉得唐敖吃的仙草才神奇呢……"话没有说完，跑到我身边，"老师，你说真的有这样的仙草吗？"

……

这个课间，教室里没有一个孩子不讨论《镜花缘》里的故事。

李汝珍先生所写的这部书，真的很神奇。现在由小种子童书馆改编成白话文的这套桥梁书版，把三年级的孩子成功地带进了这个美妙的想象世界，孩子们实在是太喜欢了。不得不说，编者真是很了解孩子们的阅读喜好。

孩子们读完前三本后,我们就开始对故事进行梳理和讨论:

我们进行这样的故事山结构梳理,孩子们完全能理解,并很乐意自己去做。回顾故事情节,感受想象的神奇,很想自己走进故事里去,成为与唐敖一起探险的一员……孩子们的讨论与书中的精彩内容相映成趣。

讨论结束后,孩子们开心地做了海报——这是一个享受的过程。对于孩子们来说,享受阅读的快乐,是一件多么重要的事啊。

因为学校有一个"小王子花园",孩子们对小王子的故事是非常熟悉的。读完这套书,居然有孩子联想到《小王子》,这是我没有想到的。这个小家伙说:"老师,你看小王子离开B612星球,先后游览了六颗行星,我觉得这个故事情节与唐敖的经历相似。不过,小王子游的那些星球只是很奇怪,唐敖游的这些国家更好玩儿。"

读《好看的镜花缘》这段时间,孩子们见到其他班同学,就忍不住介绍书里的故事,当他们成功地让别的同学也好奇起来,就很得意。这让我相信,好书确实有这样的魔力。让好书把孩子们带进想象的世界,何况这个想象的世界还有我们可以学到的很多知识。

更让我惊喜的是读完《好看的镜花缘》之后,孩子们开始自主地写想象小说了,现在班上95%的孩子,可以写500字以上的想象故事,有三个孩子甚至可以写5000字以上的想象故事。也许是阅读启发了孩子们,也许是精彩的故事促发了孩子们的创造热情,我觉得这个可喜的变化肯定得益于阅读这套书的影响。我相信丰富的阅读,一定能丰富孩子们的想象世界,而成长的奇迹从阅读合适的好书开始。

(作者系小学语文高级教师、广州培文外国语学校教师)